na duo xing zou de hua

THE PROSES

跨度新美文书系
Kuadu Prose Series

那朵行走的花

那朵 著

中国文史出版社

目　　录

第一辑　此间有我吟

第二辑　行走的花朵

第三辑　女人的心思

第四辑　那朵的守望

第一辑　此间有我吟

北窗下的菜园

儿时，我喜欢爬上北炕，推开北窗，便有洁白的李子花瓣探进头来，淡淡的清香，随着空气在屋内飘动。李子树下便是我家的菜园。

有段日子，村里总有狼于黑夜潜入，叼走小羊。白天的时候，娘也不许我们出来，让我们闩好门躲在屋内。她一人在后园子里劳作，我就趴在北窗的窗台上，像小鸟一样探出头去，看着娘侍弄各种菜秧，锄草、松土、施肥，在那口井旁一圈一圈地摇动辘轳，吊上来一桶又一桶清澈的水，倒在菜垄里。粗粗细细的水溜儿在小小的垄沟里一点点向远处滚爬，在阳光的照耀下，欢畅着，撒欢一般。

菜园是用木栅栏围成的，比南菜园要小一半。在东北角和西北角分别垛着草垛，西边的是嫂子的，东边的是娘的。自从和嫂子分家后，南园子给了嫂子，娘要了这个北园子。虽然很小，但娘总能地尽其用，每一寸土地都有了它的职责，播上不同的种子，阳光和雨水也不吝啬，经常光顾，加上娘的细心呵护，满园芬芳，各种瓜果蔬菜竞相亮相。爬到北窗上来的是一株豆角秧，开着紫色的小花。菜园的四周栅栏处，娘也顺势种了豆角。园子中央部分是用木棍架起的黄瓜架，黄瓜秧吸足了水，一夜之间就会悄悄地爬上黄瓜架，开着黄色的小花，很惹眼。它结出的是旱黄瓜，皮是浅绿色的，微黄，留作种子的黄瓜就会全身变成黄色，像顶了一头金黄色头发的老奶奶，也可以吃，削掉皮，里面的瓤酸溜溜的。而嫂子的南园子里却多了一种黄瓜，是她回山东娘家带回来的种子，结出的黄瓜是绿色的，黑绿，水汪汪的，叫水黄瓜，看着就让我流口水。

娘还在北园子里穿插着种了白萝卜和胡萝卜。我喜欢生吃胡萝卜，那鲜艳的黄色，看上去就喜人，吃起来甜甜的。娘将白萝卜腌成咸菜，可以吃上一年。

娘曾经在南园子种了两棵苹果树，这当儿苹果已经由青涩变成红脸娃，如今这丰硕的果子已经不属于我，被侄女们占为己有。我只好把贪婪的目光寄托在北窗外的李子树上，李子熟透时是紫黑色的，皮酸溜溜的，瓤却是甜的。我摘了李子和侄女换苹果吃，因她被李子的外皮蒙蔽，酸得她直打冷战，发誓再也不和我换着吃了。

北方的冬天漫长，夏天相比之下就短了许多。有阳光的日子，菜园里各种瓜果蔬菜努力采光生长。在我年幼的记忆里，似乎菜园里所有的蔬菜，都跳过乍暖还寒的春季，直接赶在夏秋两季开花结果，并准确无误地在冬天来临之前成熟。

那时除了拥有自己的菜园外，再也没有属于自己的庄稼地了。所以无论娘还是嫂子，都极尽菜园所能，沟沟坎坎地寸土必用，种上各种不同的瓜果蔬菜，或者粮食。红小豆的秧是趴着长的那种，匍匐前进，娘就种在了茄子秧的垄沟里。在四周栅栏内又种了黏玉米，当玉米秧长高时，就像一个个威风凛凛的战士，日夜护卫着菜园。到秋后分粮食时，队里派了马车，挨家挨户按人口分粮食。扒掉外皮的玉米，黄澄澄的，一个个金黄色的玉米娃娃在车上打着滚，扑通通地跳下来。全家老少齐上阵，装的装，扛的扛，运的运。而我也夹在其中，跑来跑去，欢天喜地。

我热切盼望的是嫂子用新鲜的玉米面蒸出的发面饼子，软软的，好吃极了，就了娘腌制的萝卜咸菜，有滋有味，越嚼越香。娘蒸的硬邦邦的“石头”饼子，这时就要逊色一筹了。而这样的待遇也只有我可以享受，我沾了年龄最小的光。二姐、三姐总是不情愿地带了娘的“石头”饼子去邻村上学，啃起来很是费劲。于是，她们就趁嫂子不在家的时候，偷偷潜入西屋，打开饭橱，偷了嫂子的发面饼子吃，顺便也一同品尝了嫂子的水黄瓜咸菜，自然是一番美味的享受。可是好景不长，嫂子看出了端倪，再出门就将门锁了。二姐、三姐只有咽唾沫的份儿了。

黏玉米是普通玉米中的葱花儿，磨成粉面，将红小豆煮熟加了糖，用黏玉米面裹了小豆馅蒸成黏豆包，是过年时的珍品——也只有在过年的当儿才能尝到。

后来，稍大一点，跟随父母回了山东，南北园子都给了哥嫂。我开始吃上了白面馒头，却时时想起嫂子的发面饼子，那么香，一直吸引着我。终于吃到了梦中的水黄瓜，却一直没了吃旱黄瓜的机会，不免又开始怀念菜园里的旱黄瓜。这样一想，人真是贪，没有的想占有，有了还想再占有别的。谁让自己就是一凡人呢，就一直贪下去了，即使是在梦里，也不免会站在菜园里，一手拿着旱黄瓜，一手攥着水黄瓜，大嚼小咽地尽享美味。

如今，我已届天命之年，故乡的菜园，仍替我守着童贞，守着活色生香的少年乐土，时时温暖着我的梦境。

草　甸

在我的记忆深处，有一处草甸，裹着绿色的面纱，以她神奇的魅力，在某一时刻会突然闯到我的脑海里。

那是一片辽阔的草原，包裹着我出生的小村庄——双河村。每年的四月份，就会有嫩嫩的小草拱出地面。这时的草甸从远处看，仿佛是一望无边的绿色海洋，待走近细看，却稀稀落落，绿色变得不甚明显。诗人韩愈就有“草色遥看近却无”的诗句，说得极是。进入五六月份，草已长到半米多高，有风吹过，草甸仿佛是大海里的波浪，此起彼伏，连绵不断，煞是好看。草甸子上开着各色的野花，黄的、紫的、蓝的，无忧无虑而又舒心地开着，细细碎碎地点缀着草原，静静地放逐着自己的美丽。草柔软厚实，坐在上面非常舒服。我喜欢和伙伴们在软软的草地上打滚、嬉戏、采花、追蝴蝶，或者将其中一小片蒿草铺倒、压平，上面再搭上一些草，做成一个小房子，人为地隔出一个小世界。我们待在里面就像小鸟躲在了巢穴里，叽叽喳喳，快乐地玩耍，累了，就会嗅着草儿的清香安然地睡去……

每到夏末秋初的当儿，父亲和母亲总是准备了水壶和干粮，然后喊了我和姐姐们，到大草甸子去割草。大人们并不指望我们会帮上多大的忙，只要不惹什么麻烦就万幸了。大人们之所以不放心我们留在家里，是因为在这之前，邻居家二胖干了一件不寻常的大事：二胖是和我一般大小的男孩，七八岁的光景，不喜欢和人说话，仿佛生活在无声的世界里。他躲避着，甚至是恐惧着任何人。有一次，大人出门，把他一个人留在家里。在他的眼里，似乎看不到未知的危险，好奇心总是将他诱惑到奇妙的世界里，他总会给大人带来意想不到的，甚至胆战心惊的麻烦——他将自家草编的门帘点燃了，看着慢慢燃烧起来的火苗，他高兴得手舞足蹈。幸亏大人及时赶回，扑灭了火焰，整个房子才幸免大火的吞噬。于是自从那时起，大人们每每出门都会带了我们这些惹事的“捣蛋鬼”。而来到草甸的我们依然不安分，也会东跑西颠不见踪影，于是母亲就给我们讲了一个故事，她说，草甸上曾经出现过一种威猛的动物叫作黑瞎子，长得人高马大，它常常趁你不注意时，从背后将爪子温柔地搭在你的肩上，让你误以为是哪个好朋友在跟你逗趣，这时千万别回头，一旦回头，它就会伸出锉一样的舌头，将你整个脸舔下来。你一定要屏住呼吸，即使它把你翻转过来，让你仰面朝天，你也不可以喘气，它在你的鼻子前嗅够了，确定你已经“死了”，就会离开。如果你不服气，想和它决一胜负的话，那你肯定就真的死了。

我们信以为真，不敢再跑出大人的视线，我猜想母亲就是孙悟空，画地为牢，而躲在母亲那温暖的目光中才是最安全的。

那是包括蒿草在内的各种草混合在一起的草甸，有一人多高。大人们边割边捆成捆，竖在一边。我不安分地坐在捆好的草上，任小脑袋里的奇思妙想遍地开花。正是和草一次次的亲密接触，让我不自觉地喜欢上了草原，因而这绿色的画面也悄悄地走进了我的梦里。

割好的杂草，运回来后自然风干，到冬天用来烧火。也有草质好一些的草甸，到了秋后全部变成黄色了，割了以后捆成小捆，运到家里垛起来，留着卖钱，一捆可以卖到一角五分。这种草是用来盖房的，那时北方的房子，不是现在的瓦片，而是用茅草盖顶部，就是这种韧性很好的优质的草，把房子修整得如草坪一样整齐。

在冬天的时候，每家的房前屋后都会有大小不一的草垛，这是人们用来抵御冬天的武器。在零下二三十度的温度下，人们可以用更多的方法来取暖，点火炉、烧火炕、搭火墙……当然这些逐渐晾干的茅草，垛在房前屋后也藏着危险，就是怕火。如果某个淘气的小鬼扔个未灭的火柴，或半夜某个醉汉扔个未燃尽的烟头，都会引起一场火灾。熊熊燃烧的大火，总会给我带来一种恐惧，而那时的风给人的感觉又是特别嚣张，简直势不可当！正是它推波助澜，将火势推向高潮，整个天空都被火焰照得通亮。往往报了火警，等消防车赶来时，费了九牛二虎之力将火熄灭后，草垛已经一片狼藉，所剩无几。燃烧的大火往往还会殃及周围的草垛或房子，情急之中，人们往往是把被子洇湿了盖在房上或草垛上。所以，大家平时总是小心处事，唯恐得罪了某个神仙，遭来大火。

草甸上有一种叫作艾蒿的草，散发出淡淡的香味，在湿润肥沃的土壤里茁壮生长。每到端午节前后，人们总是将这种草放置在家中，用来“辟邪”。秆枯后的株体，泡水熏蒸之后，能够起到消毒止痒的效果。如果割草时不小心割了手，人们往往会采一把蒿草揉搓后敷在伤口处，伤口很快就会愈合。大姐在生小宝宝时，母亲就采了好多艾蒿来煮水，用来洗澡或熏蒸。我小时候特别喜欢采艾蒿，喜欢闻那淡淡的香味。这种蒿草还能在春节时插在房檐上，和各色的灯笼、五彩的葫芦穿插在一起，不仅起辟邪的作用，在我们的眼里还是很好的点缀，给春节带来了更多的喜庆。

艾蒿还具有驱蚊虫的功效。夏夜里，我睡在院内的树下，母亲就会将编好的蒿草挂起来点燃，烟气可以熏跑蚊虫，我会甜甜地进入梦乡。在北方虽然蚊子不多，却有一种叫作小咬的虫子，这种点燃的蒿草，阻止了它的肆虐。

北方的冬天特别冷，到处天寒地冻。白雪飘飞时有着素洁的美，满枝满树的雪花不经意间就明朗了你的心情，让你在寒冷的早上就有了些许窃窃的惊喜。小心翼翼地踩在洁白的雪地上，那咯吱咯吱的声音从脚底下响起，这个时候你就有了一种格外小心的感觉，生怕一不小心就污染了这宁静而洁白的世界。春节时，大人会嘱咐孩子们每人装一根艾蒿，孩子们臃肿的身子向全村最大的一口井靠近，然后选好地形打滚。井边上人们拎水后，洒下的水结成了一大片冰场，我们这些小孩子就在这里打上三个滚，大人说这是滚好运，预示孩子们身体会更加健康。

离开家乡的这些年，每年到我生日那天，远在北方的大姐就会打电话来，嘱咐我煮几个红皮鸡蛋，在床上滚一滚，也是滚好运的寓意。叮咛里满含着浓浓的亲情和不尽的疼爱，让我的心暖暖的。

记得有位诗人说“我把故乡带在身上，所以我没有故乡”。故乡的确被装在很多人的心里了。其实，我们的心是最宽广的，能装得下很多东西，包括思念。而故乡的草甸，还会时时碰撞着我的心，让美丽的画面闯进我的梦里，魂牵梦绕。我的梦里从未出现过那个魁梧的黑瞎子，而母亲说她也从未见过，所以关于草甸的梦不曾被惊扰过，我就这样一直做下去，一直美丽着。

菜　园

小时候，我家房前种着很大的一片菜园。每到夏季，满园芬芳。母亲总能根据不同节气，埋下不同的种子，小心培土，精心侍弄。每到开花结果的时候，这些小精灵们就铆足了劲儿，使劲地长，唯恐辜负了主人的良苦用心。

在这个时候，黄瓜秧上的黄色小花总是很惹眼，肆无忌惮地顺着杆子爬，先是悠闲地开着花，继而能顶着小黄灯笼，结出水灵灵的嫩娃娃，讨得主人的欢心。吸足了养分的西红柿，这时迎着阳光，憋成一个红脸蛋。菜园里还种了一种特别的西红柿，即使熟透了也依然是绿色的，没有一丝红润。绿色的外衣下面却早已藏着起了沙、果冻般的珍珠瓤了，这时如果摘下来，掰开，咬上一口，口齿留香。因它常常蒙过骗小偷的眼睛，大人管这种西红柿叫作“贼不偷”。而我们每每吃到它时，心里总是有种按捺不住的喜悦。

韭菜、茄子也是闲不住的，从未养成偷懒的习惯。豆角是沿着菜园四周的木篱笆种的，借着木篱笆的优势而爬，开着紫色的花，将整个菜园笼罩在紫色之中，宛如高贵的少妇，正迎着阳光绽放自己的美丽。结出的豆角荚，个个涨得鼓鼓的，让人喜欢。每到做饭的当儿，母亲就喊我去摘豆角。我欣喜地挎着小篮子，沿着篱笆采摘一个又一个胖嘟嘟的豆角。

这些蔬菜大多是属于应景的，在北方的冬天是储存不住的。母亲更在意白菜和萝卜的收成。头伏萝卜二伏菜。在这当儿，母亲开始种下各种萝卜种子。在二伏时就开始种白菜了。秋后，收获的各种萝卜很是惹眼，共有三种，一种是圆形的，紫色的瓤，大人称“花心”萝卜，这种萝卜一般切成细条，拌了白糖吃，脆甜。有结婚办宴席的，切成不同形状用来围在盘子周围做点缀。另一种是胡萝卜，锥形，颜色鲜艳，多被我们小孩子当零食。还有一种萝卜是一半长在地下，一半长在地上。地下的部分光滑白嫩，如女人细腻的皮肤。地上的部分是绿色的，有粗糙的纹理。因它常常妨碍驴走路，大人给这种萝卜起了外号叫作“绊倒驴”。这种白绿相间的萝卜，可以腌制脆生生的咸菜，吃上一冬天是没问题的。白菜则是放到一个一人多高的大缸里，压了石头，腌制成酸菜。一冬天，我们吃着母亲腌的酸菜，有时用猪血搭配炒了吃，就着玉米面饼子，喝着高粱米粥，一家人总能吃得津津有味。剩下的白菜可以放到地窖里储藏好。地窖是在草垛子下面的，这样可以保暖。在开口处，顺着梯子可以一点点地走下去，感觉一点点地在靠近神秘，要知道这个不见天日的地窖，在我们小孩子看来，简直是个聚宝盆，藏着平日里见不到的宝贝，而我们是很难允许下去几次的，所以逮住机会，就会抓住不放。借着洞口处照射下来的一线光亮，我渐渐辨别出了里面的宝贝。靠墙根处码着一大垛白菜，蒸熟的黏豆包就摆放在竹篓里，还有冻梨，是一种黑色的梨，冻得跟石头一样结实，过年的时候母亲才会拿出来，小孩子们就会一拥而上，抢到手里就开始啃，是咬不动的，需要用啃这个动作才能帮助完成。在那样寒冷的冬天吃着硬邦邦的冻梨，却是我们的一种享受，现在想起来都流口水呢。

最开心的还是在菜园里捉蜻蜓，还有蝴蝶。蝴蝶喜欢在花丛中飞舞，漂亮的羽翼，足以吸引我的眼球。我就小心翼翼地一步步逼近，临近时，快速出手，一下子捏住了它美丽的翅膀。蜻蜓一般不留恋花色，常常是飞出菜园，躲在房子周围的篱笆上，高高在上，透明的双翅平伸着，悠闲自在，向我们这些小不点示威。魔高一尺，道高一丈。我们在大人的帮助下，制作了一个布兜，开口处用铁丝撑开，绑在一个长长的细棍子上，然后凑近蜻蜓套过去。擒贼先擒王，我们常常追赶那种红色身子的蜻蜓，认为它是蜻蜓之王。擒获的蜻蜓，我们会把它的尾巴掐断，再把稻草棍插上，然后再把它放飞，让它去送信。至于这信送给谁，能不能送到就不关我们的事了，开心才是我们的目的。

离开家乡很多年了，母亲也已离开我们数年，菜园已经由哥哥和嫂子接管。不知道每年夏季，西红柿、黄瓜、茄子秧是否依然为新主人努力开出芬芳，结出硕果。只是，在我的梦里，依然能够感受到母亲的温暖，依然能够闻到那浸润泥土气息的满园芳香。

大　河

在小学五年级写家乡的一篇作文中，我曾自豪地写道：“我的家乡在巍巍的铧子山脚下，在美丽的松花江畔。”这样的一个小村庄是与一条大河有着千丝万缕的联系的，也因了这条河，家乡更富有诗情画意。

这条河是松花江的支流，由村东头到村西头，环绕一圈然后拐弯奔流而去。上源在通河县城南，江面宽阔，一眼望不到边，常有轮船鸣着长笛在江面驶过，雄伟壮观。我家离县城有八里地，夜深人静时，就能清楚地听到轮船的汽笛声。小时候，母亲曾经带了我和姐，乘坐轮船回山东老家探亲。不料，小小年纪的我对轮船异常敏感，刚刚坐上，就开始昏天黑地地呕吐起来，脸如白纸，吓得母亲急忙将我遣送回家，遂独自带了姐回了关里。那年姐大开眼界，让我着实羡慕了好几天。

而村东头的这条河，相比之下，没有了那种气势，如一条曲折蜿蜒的玉带环绕着村庄，一眼就可以望到对面的沙滩和从城里归来的人。河的两岸是翠绿的野草丛，经常有不知名的野花开放，偶尔也会蹿出一两只野兔，让我们欢呼雀跃。河边是松软的沙滩，五颜六色的石子点缀其中，阳光下分外美丽。河水清澈见底，鱼儿成群结队四处游动。河上有一条船，两岸的沙滩深处架有结实的木桩子，拴着一条钢筋绳索，随时可以摆渡。从我有记忆开始，就与这条河、这片沙滩结下了不解之缘。还因为这条河是村庄通往城里的必经之处，大人们常常是带了自家攒了多日的鸡蛋、鸭蛋或鹅蛋进城去卖，换回来生活用品，若是卖个好价钱，还会给孩子扯上几块花布，买上几块饼干、糖果什么的。总之，在小孩子的眼里，大人们远远地从城里走来，一定会把惊喜带回。

对水的喜欢程度让我到了如饥似渴的地步，而这条河又是成全我的好去处。八九岁的光景，也开始知晓女孩子的羞涩，下河洗澡是避讳遇到男孩子的。这条河足够大，足够长，总可以随便选一处不被男孩子看到的地方下水，尽情嬉戏。为了让肌肤全方位地去接触水，在河里和水融为一体，渴望那种扎一个猛子浑身上下都湿透的感觉，于是我开始缠着大哥教我游泳。哥是老师，很有耐心的。姐是没耐心烦儿的，她总是沉湎于她同龄的好朋友当中，不屑教我这个小不点。我的侄女比我小一岁，那时我九岁，她八岁。我就鼓动她当说客。终于有一天，哥带着我和侄女来到大河。我能清楚地记得哥抓着我的胳膊，让我打着圈，手脚并用，拍击着水，溅起无数水花。我一次次笨拙地扑向水的怀抱，同样没有幸免品尝河水，不过终于学会了游泳。在好多的日子里，我都感觉哥疼侄女比疼我多一些，心里曾有了丝丝嫉妒。不过贪恋水的我很快就把这些忘记了，水给了我无穷的快乐，水中的鱼虾给了我追逐的渴望和自由。水是可以洗去心中的燥热和不快的。

从我会游泳那天起，到达对岸的方式，不仅仅局限于坐船，有时索性甩开膀子亲自游到对面，已经不在话下。

在还没学会游泳、还是一个欣赏者时，我自认为做了一件了不起的事，那就是救了同学芹的一条命。记得那天，我和伙伴们一起来到这条河游泳。当时我还处在学游泳的初级阶段，所以不敢往深处去，就一个人在浅水区扑腾，也偶尔会喝上几口水，玩累了就躺在沙滩上，一边捧起沙子往身上撒，一边看着伙伴们在水里玩耍、嬉戏。太阳晒过的细沙暖暖的，很舒服，仿佛盖了一层暖融融的毛毯。无意中我瞥见远处一个西瓜状的东西在水面忽上忽下，我的惊叫引起伙伴们的注意，于是当中年龄大一点、水性最好的几个游了过去，游近一看，原来是同伴芹离群游到深水区的沼泽里了，于是他们把她从危险中解救出来，想想那时幸好我不会游泳，才注意到她，捡了她一条命。

让我最难忘的还是和母亲一起去河边。小时候，母亲常常带了我去河边洗衣服。母亲经常将我们盖脏的被里、被面拆下来拿到河边来洗。这在要洗的衣物里，属庞然大物之类。母亲先将它们在水里湿透后，再打上肥皂，然后放到一块平坦的石头上，用光滑的棒槌反复敲打，最后再扔进河里冲洗。让我们给蹬得已看不出白色的被里，在母亲的棒槌轻打下，一点点露出了白色的笑脸，直到冲洗得干干净净，母亲方展开在沙滩上，让它们静静地晒着太阳。那时母亲已有四十多岁，绾起了发髻，水光潋滟映在母亲依旧年轻的脸上，母亲一边用棒槌敲打着衣服，一边轻轻地哼唱那首美丽的歌谣：“在那遥远的地方/有位好姑娘/人们走过她的帐房/都要回头留恋地张望/她那粉红的笑脸/好像红太阳……”

在我的眼里，母亲是伟大的，也是最美丽的。那时的我就在心里渴望，自己长大了也有母亲那般美丽的容貌。

大一点的我读懂了“女人柔情似水，女人是水做的”。仿佛这水就是属于女人的。而我又生就了一身干性皮肤，越发不能离开水，必须常常跟水亲密接触，方能水灵滋润，如出水芙蓉。而这时我已经离开了家乡，来到了山东。

家乡的这条河给了我无忧无虑的童年，波光粼粼的水面总能让我滋生出很多的遐想，拥有取之不尽的快乐。也因了水的滋养，我的童年如满月一样晶莹，如果实一样饱满。

带着欣喜一路而来

一行喜欢写字的人相约而行，以淄博市为中心，向周围呈扇形发起进攻，心情也是扇形的，合上，打开，都是带风的，更是灿烂的。一路招摇，步伐无形，攻城略地，战无不胜。如此，一路过关斩将，畅通无阻。向东占领了齐国历史博物馆，向南抵达蒲松龄故居，再一路南下拿下了博山溶洞，向西则突飞猛进，直取周村古街旱码头。

迎着灿烂的朝阳，我们是精神抖擞的士兵，挥舞着手中的“长枪短炮”（相机、录像机），各自为战，轻松拿下了久负盛名的齐国历史博物馆。脚刚踏进去，所有的人就开始以点带面地四处狂轰，一顿横扫，咔咔地抢镜头。那些锈迹斑斑的器具，沉默了一夜后，在这个清晨迎来了第一批造访者。它们个个静默着，却是无声胜有声，彰显着一种古老而沧桑的文化，厚重的历史又一次将我们带到春秋五霸齐国首都，战国七雄之地，见识了金戈铁马。此时，它们以静制动，岁月的沧桑令它们成了一本本厚厚的典籍，略读之下，都是千年积淀的斑驳岁月。征战疆场的淋漓和快意，在它们，也许只是偶尔回放的一枕旧梦。

第一次认识“铜鉴”，大小如平时用的洗脸盆，青铜制作，古时盛满水就可当镜子来照。想想，古时候的人也是很聪明的，能想到这样的法子来照面容。那些古典的女子，用铜鉴盛了清凌凌的水，对着这个天然的镜子梳洗打扮，定是很美的。那种若隐若现的影子定是有种朦胧之美，更能让女人的喜悦偷偷地在心间一点点荡开，那甜蜜就在脸上偷偷地跑出来。

第一次看到国宝牺尊（只是这次看到的是模型，真品正在海外展出），古代西周时期盛酒祭祀的用具，鸟兽形状，背面有一方形可开启。真品看不到，赝品也要打劫，遂举起相机，收在囊中。

看着这些古代遗留下来的器具，历史就像一段时光，在这个阳光明媚的上午，静静地躺在橱窗里，被我们这些远道而来的人重温，重新打量了一番，也被我们一一收复。

午后，一行人拜访了蒲松龄故居。午后的阳光温柔地洒下来，我们的心情也跟着安静下来，静静地聆听导游如数家珍的讲解，仿佛在讲一段坎坷的故事。北院有三间正房，正房的东西方向各有两间厢房，这就是蒲老先生写就《聊斋志异》的地方。先生一生不得志，可想而知，一个读着“四书”“五经”长大的人要想做得多么脱俗也不可能，于是他一生都在试图考取功名，却未果，所以七十多岁时的他依然是秀才。现在想，命该如此吧，若是他早早考取了功名，那么或许就没有《聊斋志异》传世了，就是现在来讲，能够潜心为文的人，都不是官场上的要人，每天忙于应酬的人，心里就很难再装得下文字了，有得必有失。我们必须对写字的人更敬重一些，毕竟，为文是件辛苦的事，耐得住寂寞，甚至清苦，潜心写字不容易。

走出蒲老先生的故居，胡同口的小商铺里摆着各种鬼怪面具，张牙舞爪的样子很吓人，各色狐狸活灵活现，还有供孩子们吹响的笛子。卖家拿着一红色铅笔大小的道具，正吹出聊斋里鬼怪出现时那种阴森森的声响，甚是吓人。许多小摊上摆放着聊斋故事画册丛书，一丛十本，都是聊斋里的故事，一本一个故事，有小翠、婴宁、胭脂等，打开来看，和我三十多年前还是小孩的时候看过的小画书一样，遂找到《画皮》翻看起来。画面和那时候的一模一样，那个妖怪还是那个样子，只是现在看了不再那么害怕了。

次日同室的女友告诉我，说昨晚梦见了一只狐狸，突然闯进来，全身雪白雪白的，又白又细腻。而另一个则说，在我来之前梦到了一朵花开了（我的笔名叫那朵）。而在周村古街旱码头流连忘返的当儿，与一商铺女人闲聊时，她则给我讲了她曾经梦见逮到一条巴掌宽一米多长的鱼，却是死的，在这条鱼的下边有一只大螃蟹，遂扔掉死鱼，去够螃蟹，却怎么也够不着。第二天她的货车掉下一块石头把别人的小轿车的挡风玻璃砸了一个洞，赔了人家八百元钱，听后不觉莞尔一笑。

博山溶洞是在黄昏的时候驻扎的。其实白天与黑夜交替的当儿，最有情趣，是最惬意的时候。白天的喧嚣渐渐远去，夜晚的静谧开始准备登场亮相。这时候，一些树木开始收拾利索，撤身隐入夜里。走进溶洞，顿时感觉凉爽，溶洞里面相距不远处有灯，指引着方向。这次攻占有点艰辛，路不平，有的地方狭窄只能容一个人侧身而过。不时有水珠叮咚一声落下来，或正好滴在头上、肩上，干净，一尘不染，钟乳岩石各种形态，天然而成，有的取名披云戴月、飞流叠瀑，千奇百怪，玲珑剔透，百看不厌。有灯的地方，面貌清晰，我们挑选样子可人的，装进相机，也算有收获。

早餐毕，整装待发，开始了新的征程，目的地是周村古街。当我们闯入旱码头时，仿佛走进了电视里面的场面，车水马龙，古街古巷，老字号的招牌比比皆是，这让我们手里的相机都不时地停下来，判断是现实还是电影。由于时间紧迫，重点突击了大染坊拍摄地点，五颜六色的绸缎在露天处从高处的架子上垂下来，像仙女们的衣带，随风舞动。几口大锅，几个蜡像伙计在忙着染布，我也加入其中，拿个木桶，照了相。周村是盛产丝绸的地方，店铺里面多是丝巾、旗袍制品，琳琅满目，让人眼花缭乱。那散发着光芒的丝绸，质地细腻、柔软，像我们身边走过的日子，熨帖。

淄博市因了厚重的历史文化，街道小巷都有种古典的气息。车前行时，忽然左侧的一家大红条幅闯入眼帘，上写：李府今日嫁女，欢迎道喜赏光。这个条幅很是新颖，一不小心就把人拉到了齐国古都。不是平时看到的那种写着婚庆公司的名字，一对新人的名字首当其冲。

短暂的三天游览，有点走马观花，令人意犹未尽。我们只是游览了几处大景点，据当地的人说，仅临淄区景点就有五十三处，殉马坑、齐天渊、清真寺等等，都没来得及目睹，不免有些遗憾。

抚州：人间的好句子

抚州是人间的好句子。这个好句子是围绕一座厚重的城市书写的。

汤显祖是这座城市的一个标志，是一个象征，更是赋予了神韵的人，信手拈来，调集众多的好词聚于此，完成《牡丹亭》这篇大作，让“原来姹紫嫣红开遍，似这般都付于断壁残垣，良辰美景奈何天，赏心乐事谁家院”成为脍炙人口的好句子。一个女人在牡丹亭的戏里，趁着良宵美景解除了思想的枷锁，让游园惊梦成为最夺人的唱词。

一个好句子就是抚州一个才子的标识，能让抚州活的句子绝对是沾了抚州宝地灵气的构思。看一个大词的薄厚，还得看这个词是否用在刀刃上，用在点子上，就像人是否一下就活在了点子上，一下子就把方向找对了，然后剩下的就是游刃有余地施展才能了。能够活出自己那才叫真活。再比如，美有很多说法，“绝美”是一个词，“精美”是一个词，只有用在抚州，而又恰巧用在临川，才有活了句子的效果，就像一盘棋，用对了一个棋子，就活了一盘棋，而用错了一个棋子，则满盘皆输。抚州就是用对了词的一个城市，外在的美烘托内在的美，让美成为一个经典。

在天然氧吧的抚州城内，调整呼吸后，就会有无数才思、构想被好好地利用和采纳，顺风顺水、得心应手地被抚州用上，并不断地发扬光大。晏殊绝对是用对了词的那个人，没有浪费一丁点儿的才情，他潜心造句，尤擅小令，“红笺小字，说尽平生事”，风格含蓄婉丽，让词更精练，更具磁性，也为抚州“才子之乡”“才都”的冠名再添流光溢彩。而王羲之、白居易、陆游用过人的聪慧，让抚州神采飞扬，让一座城市更加厚重、更富有底蕴，这些名人与抚州相辅相成，相得益彰。

在地图上找到抚州，也就找到了一个水润的大词，抚河、信江、赣江三大水系的惠顾，让抚州有了灵气，有了精气神儿。这么秀气的河水让美停留在两岸，跟着抚州一起年年绿。“大觉山”是个干净的词，属于人间净土的一部分。“军峰山”是比“泰山”还高的竖立的词，用青草反复书写，让葱绿的颜色一点点爬上山顶，打出一张响亮的绿牌，所有这些一点一点地组成抚州温润、诗意的好句子。

“荷花”是把抚州打扮成入时美丽的词，一朵一朵粉色的词，在清风中絮语、呢喃，让人心生干净和欢喜。“梅花鹿”也是一个关于“花”的词，在抚州，只要跟着一只梅花鹿就能找到冬天的梅园。而“黑熊”和“红腹锦鸡”则是一对稀有的词，受保护的那种，这些动物资源构成了抚州一个移动的句子、移动的风景。

“宋朝古镇”则是镶嵌在抚州的一个古老的词，那威武的衙门、彩旗飘飘的客栈、古色古香的茶楼，都让你有怀古之情，仿佛是站在宋朝的大街上，前不见古人后不见来者，恍惚之间忘记了自己的身份。在这样的一个大词中，多少尘封往事都成了一种怀念，成了一种具有古典味道的回忆，让时光为此而停留，驻足不前，把来访者定格在宋朝。

“大觉岩寺”则是一个有了禅的味道的词。莲花峰是它的一个代名词，是一种象征手法，三教合一的圣地，让你有了超脱的意象。“看山是山”，还是“看山不是山”完全在于你自己的感受，在于一个“悟”字，学会心平气和，寻找到安详，就找到了家，最后皈依干净的心灵。

好句子需要好的形容词，更需要画龙点睛的一笔。抚州人就是点睛的那笔，再好的景致若没有人做陪衬，都会缺少人气，缺少韵味，抚州人的智慧让抚州有了灵气和灵魂。

好词与好句子的关系，就是名人与名地的关系，也就是王安石、曾巩、汤显祖与抚州的因果关系；还是名景与名地的关系，也就是流坑、军峰山、文昌桥与抚州的因果关系。正是这些名人、这些名景，以排比的手法组成了抚州这个好句子，构成人间大美的句子，让所有来访者朗朗上口，回味无穷。

爱上抚州这座城市，爱上这个人间的好句子，用清爽的风来爱，用干净的云来爱，用布谷鸟的歌声来爱，用世间最美好的语言来爱吧，爱这些善良勇敢的人民。让爱像清澈的溪水，源源不断，连绵不绝。

从此，带着爱上路。

红树林之恋

一层纱幔，一层薄雾，只要你轻轻一掀，泉州湾红树林就会惊喜地跳出来，让你眉开眼笑，让你乐不思蜀。泉州湾有着众多湿地的特点：朦胧之美、和谐之美以及自然之美。

来吧，朋友，到泉州湾来，到红树林来，你一定能寻到浪漫的、神奇的故事，故事里的你，想必亦是如梦如幻。轻轻揭开泉州湾的盖头，当你目睹了泉州湾的风貌，你会更加相信“一见钟情”这个词，你甚至会有种相见恨晚的感觉。

泉州湾如少女的臂弯，轻轻地环绕着，令人如沐春风。纤纤玉指轻轻抚摸前来饮水的鸟儿，像少女的唇，柔软湿润，一种青春的气息迎面袭来，让你如醉如痴。

泉州湾河口湿地是个美丽的家园，为你免费提供最健康的空气、最干净的海水和最优美的环境，你可以轻而易举地观看各种候鸟拉家带口欢聚一堂的情形。这里的一花一草都是干净的，花儿有着清新淡雅的香，小草有着青翠欲滴的绿。这里有蓝天白云，有人鸟和谐相伴的小幸福。面对河口湿地那掩饰不住的美，你是否困惑了呢？还是把相机拿出来，把这美收进去，像采集亚热带阳光一样，一丝一缕地小心收进来，把玩耍的孩童收进来，把体态安详的老人收进来，把清纯少女的面庞收进来，把眉清目秀的少年收进来，把天鹅的白收进来，把翠鸟的声音收进来。

没有飞尘的困扰，没有俗世的尔虞我诈，我们的心情是那么纯粹、开阔、无杂念。这是天然氧吧，这是我们心灵的净化器。这么美的地方，你难道不想融入其中吗？

翠鸟正一遍又一遍地润嗓子，把最美妙的声音发出来。还有鸬鹚，正在嬉戏玩耍，他们在渔人的视线里不躲不闪，尽情亲昵，仿佛是被宠坏了的孩子。一只白天鹅正蘸着清澈的水梳理羽毛，是不是那只丑小鸭变的呢？一直喜欢丑小鸭的故事，喜欢经受挫折、经过磨炼而后变成了白天鹅的丑小鸭。

红树林仿佛是泉州湾的一条丝带，飘逸，富有神秘感。不仅是点缀，它像一道屏风，为泉州湾人民遮着风，保护农田，护堤固滩，防风浪抗海啸。

这里的阳光真好，万物努力地生长着，就连冬日的阳光都是温暖的、和煦的。

来了，你就无法拒绝内心的感动，被忙碌的小蚂蚁感动，被勤劳的小蜜蜂感动，被翻飞的蝴蝶感动，被安详吃草的牛羊感动，也被涓涓流水感动。

有月亮的晚上，你依然可见如银的月光静静地倾泻下来，月光是流动的，泉州湾是流动的，迷人的夜景是流动的。这些看似静止而实际上富有动感的画面，若隐若现，在你的梦里梦外闪烁着，萦绕着，你一定笑了，醉了。

你的脚步很轻，很轻，生怕踩疼了泉州湾的每一寸土地，生怕惊动了每一只休憩的鸟雏儿。

有什么在升腾着，在你的诗行里，在你捕捉的文字里，在你的相机里，对，是喜爱。每一个来过泉州湾看过红树林的人，都会不由自主地爱上它，爱上这个美丽的地方。

美是没有界限的，而爱也是无限度的。来吧，朋友，红树林等着你，泉州湾敞开温暖的胸怀拥抱你，河口湿地真诚地欢迎你。

琵琶水韵

在山东平原城区中心的东南一隅，在新落成的宏伟气派的新世纪购物广场的对面，有一处幽静的好去处，名曰琵琶湾公园。

关于琵琶湾的传说，可谓代代相传，不断递进、扩展、丰富，演绎出很多动人的故事，如："月朗水碧照心虹，蟾宫仙影我独逢，一曲清歌传佳话，胜谛长安琵琶声。"此诗出自明朝本地知县朱良之手，说的就是琵琶湾最早的传说之一：嫦娥吞食灵芝，飞奔月宫。为解除相思之苦，玉兔化身童子，嘱后羿月圆之夜守候梳妆铜镜和盛水铜盆，待"望着天上月，凝视水中月，再照镜中月"三月相对的午时与嫦娥相会。不料，此约会被玉皇大帝知晓，嫦娥因被囚禁在广寒宫而失约。后羿一气之下将铜盆铜镜掷出窗口，落在这座古郡城南墙下，砸出一窄一圆的清水坑。嫦娥揪心而泣，泪珠遥遥落入这一湾清水之中，叮咚作响，隐约有声，随之化作一曲千古妙韵。后明朝朱良接任平原知县，忽一夜被如风似弦的美妙声音牵引，发现这块水源，继而开挖塘湾，为民造福，解决了饮水之需。后因朱知县题诗中有“琵琶”二字，加之水湾形如琵琶，故称作“琵琶湾”。近两年，县政府根据传说和遗址，深入挖掘本地历史文化资源，下大力气恢复原貌而建，故取名琵琶湾公园。

自琵琶湾公园北门汉白玉石门而入，园内有四区八景分布图。水域为东西走向，一架七孔白色石拱桥，南北架于琵琶湾水域中心位置。有月的夜晚，明月当空，月影入水，凭空又多出一个月亮。抬头，便见石拱桥，在月色下半弯着身子，星月间朦朦胧胧，身下水波荡漾，琴瑟和鸣，两轮半弯月，与灯的倒影交相辉映，给这夜色又添了一份迷人的色彩。而远处新世纪商场的顶楼处，从一个圆孔倾斜下一束光的瀑布来，光瀑扫过琵琶湾公园，不时地转换方向，在皎洁的月光下需要仔细辨认，方能认出，冥冥中却似一种呵护。忽记起琵琶湾美丽传说中，那个淘涤洗月、撩波浴眉、眸含清愁的仙女撩水的情形，水声似丝竹拨弹琴弦之声，定似琵琶之韵，妙不可言。而陈坤的歌曲《月半弯》若这时响起，情景交融，这桥，这月，这水，便给人一种浪漫的气息，融入月色的美，让人更加流连忘返。

逢蒙蒙细雨，撑一把花伞，立于桥头，远望湖水似飘浮轻烟，雨花点点，晶莹在水面荡开，如大珠小珠落玉盘，煞是好看。忽想起《白蛇传》上的断桥，许仙与白素贞邂逅的场景浮现眼前，亦真亦幻，如临仙境。我不觉痴痴地望着水面，期待那个女子出现。这样的想法一出现，自己不免哑然失笑，偷偷向四周看，三三两两撑伞的情侣从身边悠闲走过，脸上洋溢着幸福的笑容，比仙人更让人羡慕。

过桥，顺湖水南岸向东，有一大片鹅卵石铺就的河堤，雨过石洁，颜色不一，形状各异。阳光抚摸过的石头，仍留有阳光的温暖和味道，坐在上面，身下暖暖的，舒服至极。最让人陶醉的还是那一片沙滩，黄色细软的沙子，走在上面，留下一串串深陷的脚印，更像一个个小琵琶，样子很是可爱。靠近沙滩是一湾浅水区，太阳西沉后，就有三三两两的大人拿了游泳圈，领着孩子来这里玩水。看着孩子们开心戏水的样子，大人们不免动了童心，索性脱掉鞋也走进水湾。水是温热的，就这样轻轻地抚摸你的脚丫，暖暖的感觉。累了就坐在沙滩上，沙子也是暖的，干净，细软，女人不必担心会弄脏衣裤，抬头可见月亮正挂在天空，露出温柔的表情。望远处水域，高楼的牌灯投射下来，水面便映出长长的影子，红红的一片，随水面晃动，煞是妩媚。置身这一片沙滩，若这时忽有风吹过，水起波浪，加之人群攒动，定疑似到了青岛海滩，如沐浴在海水浴场。

几处旱码头，更是抢眼。凌空于水面，似待千帆竞发，若望百舸争流，如有琵琶弹奏，必以水为弦，叮咚作响，美哉！

一座小山名曰莲花山，临近水域南岸。拾级而上，云如丝带，半空飘荡，如攀五岳，似登天阶。及至山顶，公园全景尽收眼底：辽阔的水面，郁郁葱葱的树林，绿草如茵的草地，呼之欲出，必夺人心魄，使人抑制不住要大喊几嗓子。

夜幕下的公园更是别有一番情趣，远处灯火点点，近处水波闪闪，月朦胧，鸟朦胧，美亦朦胧。白天的燥热一扫而去，夜风徐徐，水面清幽，浮躁的心绪便有了释放的去处，惬意自不必说。

居于闹市，有这么一个世外桃源，突觉自己就是一条鱼儿，畅游这一湾碧水之中，心情自然随之豁朗起来。徜徉琵琶湾公园内，临于水，隐于林，行于径，悠然间，似听到阵阵琵琶妙音，和着那缥缈无形的水韵，在城市上空飘荡……

怦然心动：接近无限透明的水世界

这里不是水润的江南，却与水不舍昼夜，休戚相关。我有幸到此，见识了接近无限透明的水，心情就此走上一段洁净的水路，一些与水有关的词和意象都仿若沾染了水的灵气，鲜活起来。心情一如戏曲里的水袖，一寸一寸地收，一节一节地放，多少柔情便似水般倾泻下来，韵味十足。

这与水息息相关的所在就是北戴河。北戴河素以“沙软潮平，滩宽水阔”闻名遐迩，今一见果不虚传。满眼绿色，天高云淡，蓝天碧海。空气、阳光、绿色、海洋、沙滩，都是绝顶的好，大海开阔、雄厚、大气，用一句最俗气最通俗易懂的话来说：太美了！

而这次北戴河之旅，才知道，原来水可以美得如此丰满，如此复杂，如此细腻，又如此雄浑辽阔。

这水，极具诱惑，甚至是蛊惑。

梭罗说：“只管欣赏大地，可不要想去占有。”是的，你无法占有一池的水，抑或一江的水、一湖的碧波，但却可以引一滴最干净的水入住内心。那么我们接近水的目的，不是占有，而是欣赏，是陶冶，更是洗涤心灵，还原本真。

第一天到达北戴河已经中午十二点半，吃过饭，一行三十六人就奔向海滩。天气特别的晴朗，阳光明亮耀眼，沙滩软软的，海风凉凉的。换好泳装的同事们已经迫不及待地扑向大海，互相打水仗嬉戏，看得我心热眼馋，也蠢蠢欲动了，和另一位女同事套上了游泳圈，一起小心试探着，走进大海。起初海水凉凉的，慢慢适应后就不凉了。渐渐往水深处走，慢慢体验脚离开地面的感觉，有点不踏实，像漂浮着的浮萍，没着没落的。远处不断有小汽艇飞驰而过，荡起白色的浪花，干净而漂亮。

这是真真切切地与水接触，与水缠绵。当你在海上浮着，头顶上是蓝天白云，远近都是蓝色的海水，水天一色，你会感觉到自己的渺小，心里顿时油然而生一种大气，一种开阔，一种敬畏。

第二天是乘一艘大轮船，在渤海海面上慢慢行驶。我们站在船头，海水就在脚下向后走，海风吹拂着发髻，我们想象着泰坦尼克号的情景。

这时候的水是有距离的，我们从上向下看到水，从近处看远处的水，看平静的海面荡起的小小波浪，一个涟漪之后，又一个大的涟漪，荡过来，再荡过来，我们的心就跟着荡漾起来。女同事突发奇想，我们悄悄耳语之后，达成默契，彼此拽下了对方的一根头发，然后扔进了海里，我们的头发就漂在了海面上，跟着浪花而舞，一会儿就不知所踪。我们想让大海记住我们，我们曾经来过。

渤海浩瀚无边，看不到尽头，水天一色原来如此。这时看到一只水鸟漂浮在海面，不觉想起一词：静若处子。近了，才发觉它落在了一个浮子上。第一次看到海鸥，和图片上的一样，飞翔的姿势也一模一样。

晚饭后几个人在奥林匹克公园散步，看水幕电影。鸽子雕像被五颜六色的灯光映照，不断地变化色彩，整个鸽子活灵活现。不到八点，喷泉开始喷水，如梦如幻，仿佛水帘洞，又仿佛神仙居住的地方。

第三天在南戴河的槐花大剧院看了歌舞剧表演，讲述的是海螺仙子与海娃的爱情故事，与牛郎织女的典故相似。一幕幕催人泪下的场景用舞蹈的形式再现出来，场景宏大，渲染力强。两个相亲相爱的人在月下栈桥处相会，解说员说：“他们甜蜜的身影被月亮偷偷地剪裁，被海水偷偷地复制。”我记住了这个比喻，真好，一个是剪裁，一个是复制，既形象又生动。

我想，我们的快乐被大海复制，那无数朵被激起涌向高处的浪花，就是我们的快乐。作家司舜说，一朵浪花喊着另一朵浪花，就是一座海洋。而我们一声欢呼带起另一声欢呼，就是快乐的潮水，漫过来，再漫过来，直到淹没忧伤和不快。

司舜还说，我要用大海呼啸的方式，掀开自己。而我们呢，我们更愿意用自己的胸腔发出声音，打开自己。用水的形式，表达我们的美。

秦始皇求仙入海处。高大的雕塑两边，是童男童女的塑像。白色的亭廊，配以近处清澈的湖水，构成了一幅水陆相连的美丽图画。秦始皇当年在此求仙拜海，梦想着长生不老，选拔三千童男童女去求仙药，而未果。

愿望是好的，但是不切实际，最终传为笑谈。时光是汹涌的流水，带走了一切泥沙。千百年过去，大浪淘沙，留下的，仍然是眼前纯净的水。

第四天上午赶海。捡拾贝壳、小螃蟹，看海鸟。在鸽子窝公园见到无数只鸽子。在大潮平处，有很多水鸟在自由活动，一点也不害怕游人。这些水鸟有个好听的名字：白鹭。它们与海彼此衬托，成为美的写照。

大海退潮时又有安静的阴柔之美，我们愉快地享受着这份安详。大浪淘沙之后，剩下的是真，多少前尘往事都不足挂齿，多少恩怨情仇都不值得一提。百年不过一瞬。

而此时的我，心思如水，心静如水。

接近水，被水还原。

挖野菜

北方夏日的阳光柔和，没有烈日炎炎的感觉。风就像打盹的老婆婆，有一搭儿没一搭儿地扇着扇子。天空是淡蓝色的，白云东一块西一块，仿佛嗑着瓜子、悠闲地逛着集市的女人。田野里，毛茸茸的绿草伸展开四肢，打着哈欠，伸着懒腰，勾肩搭背说着闺房里的悄悄话。

在满眼的红肥绿瘦之际，众多野菜也赶来凑热闹了，婆婆丁、野韭菜、曲曲菜、野蒜，竞相拱出黑色的土壤，分布在田野的各个角落，出落得水灵喜人。伙伴们三五成群挎着小篮子奔向田野。沿着小河边的草丛里，多是野韭菜扎堆的地方，甚至成片铺展开来。婆婆丁则稀稀落落，打游击一般，分散在各个沟坎、地垄边处。野蒜则一副自负清高的样子，独自躲在高高的山坡处，簇拥着抱成一团，自得其乐。将小刀伸向野菜的根部，熟练地顺时针一转，遂用手一提，抖落根部的泥土，便被扔进篮子里了。野菜越聚越多，赶集一样拥挤在一起时，我们便可以收工，回家洗了，蘸上豆瓣酱吃，香极了！野蒜和野韭菜的名字源于自然生长，不同于菜园里人工种植的那种，它们吸纳了大自然的雨露和精华，蓬勃生长。为了区别开来，种植的就被称作家韭菜、家蒜。口感自然不同，再加上是自己亲自从田野里寻了来，吃起来就格外香。

在挖野韭菜的地儿，破天荒地采到一种罕见的东西，牛皮纸一样的皮囊，撕开，里面包着黄土一样的粉末，细腻，光滑。因了它特殊的样子，我们叫它马粪包。大人说这可是难得的宝贝，谁的手、脚不小心划破或割伤，抹上这种黄末，变戏法般，立刻愈合，十分神奇。谁采到这东西，都会乐得一蹦老高，因为可以拿回去请功了，不仅可以得到大人的表扬，说不定还会有特殊奖赏呢。这足以让我们美得冒鼻涕泡。长大后才知道，被我们称作马粪包的东西，其实是一种蘑菇菌。

挖野菜的当儿，偶尔一并采到酸茳来解解馋，属意外的惊喜。有大叶酸茳、扒皮酸茳和酸提溜三种，大叶酸茳和酸提溜的叶子可以吃，酸酸的感觉，特别清爽。扒皮酸茳则要把叶子一片一片扒掉，露出里面一节一节的茎来吃，稀少，所以在我们眼里就显得特别珍贵，谁采到都会被其他伙伴羡慕得不得了，咽着唾沫，流着口水，心想怎么我就没看见呢，更是后悔没走在他的前面及早发现。小豆子卖关子说他知道哪里酸茳最多。我们禁不住诱惑，尾随着他七拐八拐，来到了一片坟场。这里的草出奇的旺盛，野花也开得耀眼，而酸茳就藏在其中，个大，鲜嫩。我们争先恐后地采起来，不忘一边甩掉泥土，往嘴里捂一把。那种快乐简单而纯净，往往因为我们的贪嘴而耽误了回家，不免会被大人打骂一顿。

只是，那个年龄记不住一丁点的不开心，今天打架发毒誓，明天和好过家家。记吃不记打的我们，被挖野菜的快乐冲昏了头脑，奔向田野的那一刹那，所有的不快一并被留在风中，抛在脑后。

辽阔的田野，仿佛五彩羽毛编织成的一柄蒲扇，硕大无比，微风拂过，掀起迷人的扇面，惊喜就藏在扇的皱褶里，若隐若现，让我们贪婪地一次又一次地靠近它。在我们的眼里，它更像一个巨大的聚宝盆，我们在好奇心的驱使下，不断地投入它的怀抱，奔向大自然，去捕获一个个宝贝，一边快乐无比地享受着大自然的恩赐，一边将自己融入其中，倾听大自然美妙的声音，珍藏这美妙的时刻。

夏天的野果

北方的夏天，是闻着香气赶路的。各种瓜果蔬菜一并赶来，这香如轻柔的烟，袅袅娜娜地飘向空气中，继而散开，蔓延，淡淡的，却是持久的。

让我做梦都惦记的是张二叔家后院的那棵樱桃树，满树的红樱桃，仿佛一团热情的火焰，我的口水被勾出，总是咽掉又流出来，而张二叔家的张小芳又是那样的厉害，伶牙俐齿不说，谁要是得罪了她，这个夏天吃到一颗樱桃的待遇就化作泡影了。一想到那娇嫩欲滴的果子，吃到嘴里该是多美的滋味，我就慢慢蹭到她身边，把娘刚给我买的扎头的红丝带送给她，讨得她的欢喜，我也满足了一时的渴望。

家里再也没有能讨得她喜欢的东西可送了。我就跑到草甸上去找野果子，那是一种可以满足好奇心和馋嘴的香，更是我释放笑声和顽皮的乐园，独具诱惑力。

草甸上有一种叫作刺毛果的野果子，长在一米多高的树上，果子如珍珠，小巧玲珑，熟透了泛着红润，扒开皮，将里面的籽去掉，吃皮。皮上有一层细细的小绒毛，和桃子外面的绒毛相似。如果不小心粘到脸上或脖子上，痒痒的，感觉有小虫子在身上爬。小山坡上会藏着一种叫作榛子的野果子，扒开绿色的外皮，露出圆圆的坚硬的果壳，用牙将外壳咬开，露出果肉，放入口中咀嚼，越嚼越香。长在松树上的一种野果子叫松子，亦是坚硬的壳。还有一种野核桃，要到大山里才能采到，亦是绿皮下面裹着坚硬的壳，壳下藏着果肉。榛子和松子用牙或锤子就可以轻松解决，而野核桃则不能用武力解决，黑色的外壳坚硬无比，需要以柔克刚，放在大锅里，小火加热，它才会慢慢张开小嘴，露出果肉。如果用大火攻之，则适得其反，结果是，锅被烧开一个大口子，而核桃却无动于衷，安然无恙，一副誓死不投降的架势。娘说，这些野生的果子，营养价值很高，吃了会变聪明，身体也会更强壮。我做梦都希望自己长出三头六臂来，好比邻居家黄二蛋力气大，让他不敢再拽我的辫子。所以一到果子熟透的季节，我就扑向大自然的怀抱。

离我们最近的那座大山，在我们小孩子眼里一直是朦胧的、神秘莫测的、可望而不可即的。娘说要等我长大了才能进山。我就跑到雨中去淋雨，我亲眼看到一棵淋过雨的小树一蹿老高，我也希望淋雨后能快点长大。可是，除了被淋感冒，长了一次记性外，也没一下子长大。娘说，人是一点点长大的，就像庄稼不能一下子长老高。我只好耐着性子一天天地盼着长大。邻居黄叔家不仅男丁多，而且喂着几匹壮实的马，经常看见黄家的男丁骑马进山，那打马绝尘而去的气势让我羡慕至极。每次他们回来，马背的两侧都会搭着两袋鼓鼓的山货，那支棱着袋子的一定就是野核桃。而黄二蛋还要吹起并不标准的口哨，向我显摆。有一次，竟然看见黄家大女儿也骑了一匹枣红马，在我面前扬扬得意地走过，我简直目瞪口呆。我家因从山东转来，父亲并不很得意马，再加上男丁又少，一色的丫头片子，所以一直没有养马，只有一头被蒙了布围着磨盘转的小毛驴。

其实，娘说等我长大才可以进山，只不过是一个借口。她不想让女娃进山，怕遇到危险。邻居黄二蛋比我大不了几岁，根本不能算上长大，不是照样进山吗？而且每次不都是安然无恙吗？还能够采到野核桃、野葡萄，甚至是人参。看他那神气十足的样子，一定是采到人参了。

这些野果子稀有，每次采回来一点，娘就积攒起来，放到一个大笸箩里，搬到太阳底下晒，直到褪去外皮。这时娘将果子收藏起来，装到一个花布兜里，放到炕东头的柜子里，过年的时候才拿出来让我们吃。那天我看见黄婶偷偷塞给娘一兜东西，我好奇地尾随娘进了屋，一看，呀，是一群还裹着绿色外衣的核桃。我想这下我家也有核桃了，可以不必再羡慕二蛋了。每次娘坐在太阳底下剥皮时，总是像对我说，又仿佛自言自语，也不指望我搭话，她说，你黄婶说这核桃外面的这层绿皮可是宝贝，可做药引子呢，绿着的时候就剥下来煮汤喝，能让得了癌症的人捡条命回来呢。前街你李大伯就是喝这汤喝好的。娘说着这些话时，眼睛目不转睛地看着核桃，满是爱惜的表情，我都嫉妒了。我盯着母亲的手，看着她将一个又一个核桃去掉皮，急切地想吃到核桃仁。

刺毛果的圆润而柔软的外皮，是甜到心里的。榛子和松子的果仁是香的，这种香是香到鼻子里和舌头底下的。而核桃因为难以获取，吃到嘴里是无法形容的惬意，仿佛捡到一个罕见的宝贝，惊喜不已。

我没有来得及长大就回了山东。那座山始终停留在我的梦里，梦里无数次努力去打开进山的门，却都不能。仿佛那需要一个类似“芝麻开门”的口令才能打开，才能获取里面的宝贝，而这个口令就是娘说的“长大”。那些野果子却一直勾着我的口水，那些宝贝似的果子，在我童年的岁月里是香甜的，以至都甜到梦里去了。

向阳取暖看花开叶落果润

秋日里，阳光和暖，千里回故乡探亲。

坐上温州到牡丹江的火车，一路北行。二十个小时到达哈尔滨站，转坐汽车到达我的故乡——通河县双河村。

沿江公路，宽阔平坦，右首江天一色，左首山峦起伏，格桑花沿公路两旁素雅地开着。偶尔有雨滴洒落，远处的江面与天际相连，云朵低低的，与江水相近，忽然想起歌曲《大鱼》：“看海天一色，听风起雨落，执子手吹散苍茫茫烟波。”

秋天的松花江畔，天高云阔，片片闲云低浮于天空，俯瞰着金黄的稻浪。秋风吹过，丰收的稻田，散发着一阵阵通河大米特有的米香。

双河村虽是小山村，住着极其普通的庄户人家，但房前屋后的栅栏处，却处处都有各种花朵温润地开着。如此，幸福多半是来自心态，能在劳作之余侍弄花草，那自然是懂得生活的人。

木栅栏也各不相同，条纹有细致的，也有粗放的，花秧就顺势而上，爬满栅栏，在高矮不同的地方随心所欲地绽放，开出淡雅，开出热烈，开出这一世的美。花的种类也各不相同，有菊花，有牵牛花、豆角花，还有一些不知名的花，多半是耐时节的花，泼辣的性子，使她们不那么娇气。只需角落里一块空地，只要有阳光和雨水光顾，就能够肆意绽放出花蕊。

虽已时至仲秋，但花儿却丝毫没有懈怠的样子，依然自信地开着，洒脱而热情。偶尔有蜜蜂在花丛中飞来飞去，恰是：你若盛开，蜂儿自来，你若安好，便是晴天，都是热爱生活的生灵。

房前的一片菜园里，种着各色应景的蔬菜：豆角、茄子、浅黄色的西红柿、红萝卜、白萝卜。墙角长着数棵黑星星，学名叫作野葡萄，随手摘下就可吃。忽然想起小时候吃黑星星和烧玉米的情景，那时候，只顾得解馋虫儿了，一会儿工夫就吃得满嘴都黑乎乎的，成了大花脸。野葡萄要挑那种黑色熟透的吃，营养价值非常高。

靠窗台处长着几棵野菇娘，学名叫作灯笼草，熟透后成金黄色，很像一个一个小灯笼挂在那儿，甚是好看。零星的几棵蒲公英，硕大蓬松，翠绿，肥沃的黑土地总能滋养出一个又一个神奇。闲暇时，与家人泡上一壶晒干的蒲公英，再加上几个野菇娘，美美地尝，细细地品，开心地聊，尽情地享受这世间奢侈的慢时光。

仲秋时节，正是五味子成熟的季节，红红的五味子具有敛肺、滋肾、生津、收汗的功效，每年秋后，大姐都会摘来一些泡酒。原本生长在大山褶皱里的它，被挖来种在了菜园的栅栏边上，于是，小院里年年就有了这么多红红的、饱满圆润的小家伙诞生，煞是喜人。

人世间，多少事，在不经意间就褪去了颜色，其中滋味就如同五味子般酸、辣、苦、甜诸味俱有。经历了许多世事风雨，当一个人静下来，再次细品着五味珍果时，对人生的体悟又更深了一个层次。

茶余饭后，姐妹几人结伴去登铧子山。这天然的森林氧吧，空气清新，让我们身心放松、精神愉悦。天然的林木，就地取材，路全部是用木板铺就而成。脚下的落叶居然如此静美，许是因了好心情的缘故吧。阳光赋予这片片落叶决绝的美感，仿若一个人心中滋生的小心思，悄悄地不被打搅，静若处子，寂静欢喜。

偶遇一只红蜻蜓，便勾起了我一段童年的回忆。这样红色尾巴的蜻蜓，应当就是我们儿时最想逮的蜻蜓王。

返程前，跟随大姐和外甥到邻村去购买蜂蜜。这户人家在山里养了数年蜜蜂，四五十个蜂箱上，蜜蜂嗡嗡地哼着小曲来来去去地飞，悠闲自在。进入十月份，山里已鲜有花朵，辛勤了大半年的它们也就不再那么忙碌。主人闲坐在众多蜂箱之中，痴看着蜜蜂飞舞，我们几个不速之客的到来似乎打断了他的遐想。

从春暖花开到现在，养蜂人已积攒了几大缸蜂蜜，浅黄色的椴树蜜和深红色的百花蜜，亮亮的，润润的，看起来非常诱人。主人热情地为我们装好两样蜂蜜后，我又“贪心”地要了一瓶蜂王浆，带着这些绿色纯天然的“战利品”我们满载而归。

故乡的黄昏，再次邂逅火烧云。天边的晚霞把云朵染成红色，仿佛燃烧的火焰。在火烧云的映照下，那远处的山峦、近处的村庄，都涂抹上了一层或浓或淡的光晕。这如梦如幻的火烧云，和那袅袅升起的炊烟、隐约可闻的鸡鸣犬吠，再一次把我拉回了童年的记忆。

故乡的大山和黑土地，厚重而富有质感，温润滋养了我的生命；家乡的五味子、百花蜜、野菇娘、黑星星又一次让我体验了人生百味；浓浓的亲情，足够一个人回到从前的快乐时光。

再见，故乡。所有的暖都珍藏在心间，多年后，我定会归来。

爱上月季

喜欢月季花，缘于那个女人。她爱花如命，她的心思在花上，经她的双手爱抚，月季花那小小的杯盏，一瓣一瓣地打开，在月光下，缀着碎银般的珍珠，更加妩媚。她用心呵护月季花，像呵护娇嫩的婴儿一般，让每一个小生命都尽情地吮吸爱的乳汁，然后慢慢地充盈起来，她的心也跟着甜蜜起来。

我的快乐，在于阅读她，读懂她。

想起她，我的心就热起来。一个内心充满爱的女人，是让人尊敬和爱戴的，我虽未与她谋面，但我相信相由心生，她定是一位有着和蔼、安详面容的女人。

那个午后，我将几株瘦小的月季花带回家，养在院中的花池中，小心培土、施肥，我也要用爱心，让月季开出可爱的花朵来。

下雨的日子，它们个个张开小嘴，机灵地晃着小脑袋，仔细地吸着大自然的甘露。我知道，它们的根正一天天地扎向泥土，一点一点地向下延伸。狂风暴雨的天气，它们依然能够站稳脚跟，把可爱的小脸张开给我看。只有它们自己知道，它们坚强的秘密：在它们的身下，在我们人类看不见的地方，它们的根正一天天地壮大。

喜欢月季花，它是爱的象征，是和平和友谊的使者。它像鸽子一样，展开干净的小翅膀，把世界和平托举。喜欢它四季芬芳的青春、姹紫嫣红的青春、充满活力的青春、分外妖娆的青春。

更喜欢那个女人，那个安详、娴静的女人，清澈的眼眸里，蓄满了无穷的爱意。那个视月季为掌上明珠，把月季往命里爱、往心底里疼的女人，仿佛一位袅袅而来的仙子，在花蕾上轻轻地一吹，月季花就开了。这个女人的名字是“月季夫人”蒋恩钿。

又是午后，雨过天晴。我在清新的空气中闻到了月季花的香。我来看望月季夫人。这个美誉是陈毅元帅给的，是当之无愧的。

夫人，您是太仓女儿，知您出生书香门第，饱读诗书，入清华大学西洋文学系读书，并与曹禺、钱锺书先生为同窗，年轻时，与月季为伴，对月季花情有独钟，花朵衬着青春无瑕的脸，一定有着娇好的面容，气质非凡。凭借对月季花的一腔热忱，潜心研究、栽培，使中国成为茶香月季之母。

走近您，就走进了月季王国，走进了四季如春的花海。被这花香簇拥着，让我看到了更大的幸福和温暖在快速地蔓延。

岁月峥嵘。一直爱下去，深深地爱下去。这爱是一滴水，流入小溪，汇入大海，向全世界传递爱的深度。这爱是一颗星子，在夜空中闪烁着光芒，星星点点，都是不可忽视的亮。这亮是月季花的亮，是茶香月季的亮，是“世界月季之母”的光环的亮，是梅兰先生命名的“恩钿女士”月季花的亮，还有香，正一点一点、一丝不苟地传递给全世界。是的，要香给自己，也要香给世界。

夫人走的时候，树木正在萌芽，春光刚刚来到。这逝去的韶光，不再回转，也不再回来。

夫人，知道吗，在您走了之后，太仓的人民想着，全中国的人民想着，世界的人民想着。在您百年诞辰之际——2008年，太仓市人民政府建立了月季公园，并以您的名字命名：恩钿月季公园。中国的月季走向世界，日本、美国、法国的月季也走进了中国，这是和平的使者给我们带来的幸福和喜悦，这是雨后天晴，天空中冉冉升起的一道最美的风景线。

夫人，若知道了这些，您一定会欣慰地笑。现在，月季公园里，月季花已有七百多个品种，五万盆花。月季，月月花开月月红，季季香飘季季浓。各色的月季花争奇斗艳，形成春夏繁花似锦、秋冬色彩艳丽的四时景观。

我移植的那几株月季已经开花了。那娇小的、鲜嫩的绿叶，衬着那粉色的花瓣，点燃了一颗悸动的心，我爱上了月季花。

夫人，以您的名字命名的恩钿公园里，缤纷艳丽的月季花，香气馥郁的月季花，将整个恩钿公园装点得美轮美奂，徜徉在这花海里，我们的心都醉了，感谢您——月季夫人。

站在春天的风中

站在春天的风中，我听到一朵娇小的花开放的声音，是春雨轻轻叩响了她的房门，是春天暖融融的阳光掀开她美丽的衣裙，淡淡的花香从娇嫩的身躯里偷偷跑出来，惊奇地打量外面的世界，拐弯抹角，穿街走巷，将姐妹们从梦中依次喊醒。小草从沉睡中被花香惊醒，来不及睁开蒙眬的睡眼，已被春风换上了翠绿的罗裙，催促着去赴春天盛大的宴会。

站在春天的风中，我听到两朵云咬着耳朵在窃窃私语，笑逐颜开。继而又分开，各奔东西，是要把刚发现的秘密分头告诉其他姐妹。莫不是高高在上的她，看到了我内心的秘密，蠢蠢欲动的心，在明媚的阳光下是遮掩不住的。高飞的纸鸢，是一只黑色的老鹰，张牙舞爪的样子，给人一种势不可当的气势，会油然而生敬畏。看着它迎风而舞，内心就滋生出一股无穷的力量。纸鸢下面牵着孩子们响彻云霄的笑声和奔跑的脚步声。在春风里又长高的个子，正与小树比高。草长莺飞的阳春三月，还有什么不快淤积在心头吗？没有，只剩下萌动的春心、春水和不安分的童心。任何藏在心里的委屈都会在仰望时，化作一缕轻柔的烟散尽。

站在春天的风中，我听到小溪的歌声。涓涓流淌的小溪，一路踏歌而行，欢快的样子似一群七八岁调皮的孩子，这个讨人嫌的年龄，让他难以安静地做功课，时而与游鱼碎石嬉戏，时而扯一把春天的风做掩护，拽着柳树荡起秋千。一群黄绒毛的小鸭子，跟着鸭妈妈来到河边。小溪调皮地用手触动小鸭子的蹼，一下，一下，又一下。小鸭子终于走进小溪的怀里，尽情地撒起欢来。

站在春天的风里，我听到柳树抽芽的声音。温柔的春风，明亮的阳光，这样的良辰美景不容错过，一年之计在于春。柳芽被感染着，心里痒痒的，终于忍不住探出头来，露出小脸，继而舒展开蜷缩一冬的四肢，将嫩嫩的小手伸向空中，去接受春风的爱抚，喜滋滋地将嘴巴翘起，大口大口地吸足新鲜空气，畅快淋漓，于是，柳树芽高兴得手舞足蹈。

站在春天的风中，我听到鸟儿的合奏。叽叽喳喳的麻雀，总是喜欢快人快语，一路风似的将春天的消息四处传播。飞入寻常百姓家的春燕，舞动着翅膀啄着新泥，一点一点地修筑小巢。唧唧地叫着的是巢中的乳燕，正翘起大大的嘴巴，等妈妈衔来食物填满饥饿的洞。咕咕叫的是一群鸽子，在空中盘旋而飞，忽而一字形排开，忽而分散开去。还有一只水鸟，贴着春天的耳际飞翔，用声音划破寂静的水面。每一种鸟鸣，都是温润的，都是清脆的，都是充满着春天的气息的。

站在春天的风中，我听到土壤里的小虫子醒来的声音。春光融融中，黄莺鸣叫，燕飞来，惊醒了蛰伏在泥土中冬眠的各种虫儿，开始拱动、松软着土壤，一起醒来的还有蒲公英的种子，荠菜、曲曲菜的种子，呼朋引伴，相继拱出土层，露出脸来。它们满山满野地出现，是因了去年的风，蒲公英的种子四处飘散，各处安营扎寨。继而听到黄牛舒展筋骨拉动犁耙的声音，一老汉挥着鞭子的吆喝声中，满是希望和得意，满是爱怜，那鞭子甩在空中，脆生生的回音，仿佛都带着笑呢。

站在春天的风里，我听到你的声音。你说，我们俩是吃着苦菜长大的苦命孩子，不能再把日子过得更苦，我们要把心里的凄苦拌了白糖来嚼，不但要嚼出甜来，还要想法寻找快乐，自得其乐。把忧愁抖落在春风中，随风飘散。你还说，已近不惑之年的我们，不能再意气用事，要学会用平和的心态去面对生活，迈过人生的每一个低谷，度过人生的每一个寒冬，不能让冬天羁绊我们的脚步，更不能把心留在冬天。

万物复苏，春天来了，真的来了。你听，我们已经走在吹面不寒的杨柳风里了，春天在我们的渴望和企盼中走来了，冬天已经过去，那么，我们就把伤痛留给昨天，重新开始吧。春天是培植希冀的季节，是梦想起飞的地方，走在春天里，一切积蓄的内力正在一点点复苏。有和煦的春风做伴，有梦想的土壤，一定能够开出美丽的花朵来。

张华梨园：古村落·新视觉

也许是性格使然，我对具有民族特色的古风古韵有特殊的亲切感，喜欢旧时光，喜欢古建筑，青瓦蓝黛，古画长廊，仿佛我就是曾经生活在古代的“伊人”。在尘世中，无论你经历了什么，或喜或悲，都会成为浅淡岁月中的一缕烟云，渐渐消逝，唯有古建筑，虽经岁月的侵蚀，慢慢露出斑驳的痕迹，却依然守在那里，于悠远深邃中散发着迷人的古典韵味。

这次有幸随文联采风团到了平原县张华镇的梨园村，那里“古树、古屋、古井、相家河故道”历史文化，让人联想到“枯藤老树昏鸦，小桥流水人家”的古韵风格，整个人就仿佛置身于古风的江南水乡。

在梨园村，所有的意象都有了古诗词的色彩。江北梨园，水乡古韵，仿若宋词的词牌，每一棵梨树，就是独立的一首宋词，每一个金灿灿的梨子，就是这首宋词里的一阕小令，各自为政，又彼此照应。

进入梨园村，首先映入眼帘的是题有“江北梨园”四个大字的马头墙景。其中，朝北这面据说是乾隆皇帝下江南路过此地，偶遇“一夜春风来，万树梨花开”的妙景，于是题词“江北梨园”，字迹隽永，苍劲有力。青瓦、青砖和白砖的巧妙设计，让人感觉到历史的厚重，不免浮想联翩，想到古装剧中深宫大殿的冷峻与气派；想起江南那些依水而建的楼宇，亦是这种深色调的古风建筑，彰显厚重的历史文化和风韵。梨园村主街的两边也晕染着古风色彩，粉白的墙上，装饰着青色或深灰色各种图形，恍惚中，仿佛已置身于“柔橹声中多水多桥”的江南，撑杆、摇橹，驾一条乌篷船，在水上悠然滑行。

在古村落的小巷中行走，一扇年代久远的门吸引了我们的眼球。门框最上边写着“农业学大寨”，两边依稀可见“自力更生”“奋发图强”的字样。字迹有些脱落，仿佛是一本泛黄的记事本，静静地安放在那里，沉默着，久远着，却能勾起人们对那个年代的许多回忆。同行人中有经历那个年代的人，便啧啧而谈，什么“农业学大寨”“工业学大庆”等等，仿佛一下子回到了那个热火朝天、激情四射的年代，不由得想起“怀念啊我们的青春啊……”那首歌。回忆让他们脸上的皱纹舒展开，笑容又让他们的幸福洋溢无限。

虽然我不曾记得那个年代，从这字迹和内容上却也知晓它的久远，曾模糊记得小时候见过邮票上层层梯田，大概就有这样的字样。

在一座土坯房的后边，有一扇青砖垒砌的月亮门，兀自立在那里，形单影只，仿佛是一段旧时光的缩影，成为老宅中一个独立的篇章。据说，已有一百多年的历史，从门的雕砌和用料上，猜想必定是当时一个大户人家的门。门向来是富人家的招牌，就像女人的脸，俗话说“有粉要搽在脸上”，所以从门的档次高低就能看出这户人家富贵与否，恰如看一个人脸就能知道幸福不幸福。

在梨园村，最令人欣喜的，莫过于亲眼目睹了一对古槐树和一对古梨树。古槐树是两棵姊妹树，长得非常相像，个头大小均等，而且树形非常好看，从远处看绿色的树冠，就像一个大蘑菇的形状，让人误以为它们是一棵树。走到近处，才发现原本是两棵树，彼此共同沐浴阳光和雨露，也共同等候风的吹拂，在这个暖暖的中午，阳光温柔地照在它们身上，可以感觉到这对姊妹树的亲昵无比，快乐无限。

一提到梨树，不免让人想到它的谐音——“分离”的离，于是就有了“不能两个人分吃一个梨”的说法，主要是忌讳“分离”这个字眼。然而，在梨园村，我们见到了一对不分离的古梨树——是同根生的两棵，相依相偎，给人的感觉像一对永不分离的恋人，一直爱着，一起慢慢变老。由此我想到汉代诗人卓文君的《白头吟》：“愿得一心人，白头不相离。”于是，对这两棵不分离的梨树更是心生温暖，赞叹不已。愿世间相爱的人都像这两棵相守的梨树一样，相看两不厌，白首不分离！

午后的阳光是一种黄澄澄的幸福。我们沐浴在阳光中，身舒心泰，辗转来到了梨园。点点暖照从树叶的缝隙间洒下，温暖地抚摸采摘梨子的果农，那劳作之美就更像一首诗词，多了内涵，多了几分幸福的分量。春种秋收，每一份努力都不会付之东流，都被这些果实一一记着，在这个秋天，用丰硕、丰盈和温润回报每一份爱。

黄褐色的梨子，叫爱宕梨，果实呈扁圆形。梨园中行与行之间的枝条已经牵手成弧形，仿佛是一对对勾肩搭背说悄悄话的闺密，从一端望过去，就成了拱形长廊，暖暖的阳光照在金黄色的叶子和果实上，金灿灿的，仿佛是一道古色古香的油画长廊。

抬头看，数不清的梨子挂满了枝头，几个果农正在采摘成熟的果实，他们一边摘一边逗着趣，笑声朗朗。一筐筐的梨子，让他们的采摘不亦乐乎，脸上的疲惫被丰收的喜悦一扫而光。果园主人让我们品尝这丰硕的梨果，咬一口，脆脆的，汁多味甜，一下子就甜到了心里。于是，我们纷纷拿起塑料袋，体验了一回亲手采摘的乐趣，更是满载而归。

梨园之行，带我穿越到一段旧时光，让我记住一个唯美的古村落名字。

枕着故乡入梦

入夜，一朵含泪的花，疲惫地合上眼睛。寂寞似一张网，在朵的周围蔓延，膨胀。

清晨，朵和儿子分别吃了晕车药坐上北去的火车。十九个小时的火车上，朵揽着儿子昏昏入睡，似有一片绿色的海洋恍惚入梦，在慢慢包围她。

转乘汽车，三个小时后到了村边，下车的那一瞬，朵感觉自己掉进了绿色的海洋，一望无际的草甸，倏然打开了她的梦境，睡意全无。这绿是干净的、惹眼的，有紫色和黄色的小花零星地点缀其间。天空辽阔，高远，蓝得彻底，白云低低地悠闲地飘浮着，让人心旷神怡。这就是朵出生的地方，阔别多年后，她又重新来过。

儿子被眼前的绿惊到了，小心试探，像入海前一样，待确定无危险时，便一步三跳，在草甸上打滚，欣喜地感受草的柔软。朵静静地坐在草上，又软又香，这铺天盖地的绿和清新的空气，一下子点亮了朵的天空，入心入肺地打开朵淤积的痛。

姐远远地赶来接朵娘儿俩，左侧的发髻上别着一枚玲珑的红色发卡，今年是姐的本命年。看她苍老的容颜、有些花白干枯的头发，朵的泪禁不住涌出来。

姐的家在村西头，宽敞明亮的四间大砖房，房顶上空是大朵的白云和瓦蓝的天。离开这个村庄那年，朵只有十二岁，只模糊记得家家户户住着茅草房，矮小，黑暗。而现在只有村东头仅存的几家茅草房，在唤醒朵的记忆。院子里停着一辆崭新的农用四轮车，姐说，地多，有五垧（一垧十五亩），离不开机械化。这几年收成不错，翻盖了房，买了车。

大姐家的人都到了，大哥和嫂子也赶过来。一家人相聚，多少年的想念都化成了说不尽的话，意识逐渐模糊，还在说。

南窗外是姐侍弄的南菜园，入秋时节，正是绿黄相间的颜色，绿的是豆角，鼓得满满的，似要胀开一般。黄的是西红柿，一种形如小个鸭梨的西红柿，浅黄色，据说，营养成分比南方圆状的红色西红柿高数倍。朵便迫不及待地走进菜园，摘了吃，也顺便吃到了旱黄瓜。

夜色渐浓，一只绿色的螳螂越窗而入，毫无惧色地停在椅子上，礼貌地向儿子点头问好，不料，胆小的儿子大惊失色，呼救。姐夫手疾眼快，把它请了出去。

夜，北方的夜。在七颗星的方向，朵的梦安营扎寨，当所有的星子在眼皮外隐去，朵枕着故乡入梦，夜空出了一大片黑土地，等待朵播下一粒神奇的花种，在绿色的衬托下开出七色花来。大个的蜘蛛出现了，似一枚黑色的围棋子，躲在自制的棋盘一角，等待莽撞的夜行者自投罗网。

夜醒来。窗外的菜园也跟着醒来，在阳光下睁开睡眼。按照夜里商量好的，外甥冬星开出四轮车头，将木板车挂在后面，姐铺了厚厚的稻草，让朵儿娘儿俩坐稳。朵说这次不用吃晕车药了，还可免费呼吸新鲜空气，看美景。大哥充分发挥老师的特长，做了向导，进行景点解说。大板车一路撒着欢儿向三十里地外的铧子山进发。

道两旁是成片的庄稼，一眼望不到边，填充着村庄与村庄之间的空隙。村庄与村庄之间是无法做邻居的，它们根本看不到对方的影子。而庄稼却成了绿色的纽带，成为要好的邻居。这时的水稻正由深绿向浅绿、淡黄过渡，抽穗的稻子开始变黄，开始懂得害羞，微垂着头，似在偷偷想着女儿家的心事。垄沟旁，地头边，有水细细地流，清澈透底。原野的风赶来，将水稻掀起一个又一个细小的波纹。

正是扫帚梅开放的时节。花色分浅粉、深粉和白三种，花瓣为八瓣，薄薄的，在浅绿色的扫帚苗上绽放，向外伸展，玲珑乖巧的样子，惹人喜欢。在小路旁，公路两边，淡淡的花香，追赶着过往的车辆和行人。

云多，一堆一堆的，似厚厚的棉絮，一座一座的像山，雪山。又似海水掀起的浪花，分散开来，变成了层层阶梯，成了片片鱼鳞。

波浪似的山脉依稀可见，绵延起伏。铧子山在云雾笼罩下渐渐现出真面目，三个山头依次排开，像三个亲密的兄弟。近看，茂盛的树木，层峦叠嶂，层林尽染。大哥将铧子山的传说娓娓道来：从前，山东闹饥荒，一户人家逃到这里，一仙人看他赤手空拳，手无寸铁，便赐犁铧与他，让他犁地种庄稼。这户人家很是勤快，靠着这把犁铧，翻土，播种，到了秋天，庄稼丰收。一年又一年，这里由一户人家渐渐扩大到十户、二十户，人丁兴旺，一派繁荣景象。仙人便收回这把犁铧，由犁铧的三个翅子变作三座山头，分别叫作大铧子、二铧子和三铧子，日日夜夜守护着这群勤劳的人们。

因了这个动人的传说，朵的眼睛有些湿润，对铧子山更觉亲近了许多。抬头，朵看到了山核桃，在高高的树上正裹着绿色的外衣酣睡，似一个个棉桃宝宝挂在树枝间。这层绿衣却是有毒的，大哥说，在医学上是可以治病的，以毒攻毒，剥了这层绿皮泡酒，可治癌症。若无病之人误喝了这酒，脸色会立刻发青。成熟的山核桃，外衣变成黑色，慢慢脱落，露出黑色的硬壳，便是山核桃的真面目，砸开这层硬壳，里面是白色的果肉，营养价值高，补脑益智。

儿子一声大喊，顺着手指的方向，朵看到了一树红珍珠在微笑。这是山里红，在绿叶之间点缀，冬星爬到树上摘了几粒品尝，还未熟透，有点涩，便放弃了采摘的念头。儿子借机要学爬树，非要自己去采摘果子，结果在离地一米半处抱着树再也不敢动，上不去下不来，惹来阵阵哈哈大笑，惊飞了附近树上一只不知名的小鸟。

没有见到蘑菇，姐说，雨后起雾才会长蘑菇。在草丛中却意外地发现了红拖板，亦是一种野果，果肉是红色的，软软的，鲜嫩如草莓，微酸。

这时天空暗下来，太阳躲进云层了，大片的云变成灰色，黑压压而来，要下雨了。大哥急忙招呼我们返回。乌云在山头聚集，似有雾气渺渺，在山后头升起，仿若仙人腾云驾雾的气势。

故乡的变化，让朵欣喜，有感动时时酸了鼻子。朵将故乡重新装入眼里、心里、梦里，返回。朵想，以后的梦不再孤独，因为有故乡。

第二辑　行走的花朵

春天的诗行

此时，花事未歇，春光依旧。美妙是春天的信子，在第一时间把绿的消息一一送达。所有的来路都被花香覆盖，心事变得柔软，牵着千丝万缕的柔情，改写了整个冬天的冷色调。

这样的好时节，让人奢侈而快乐，亦让人沉醉而懒于表达。我触摸春的温度，有一丝温柔在律动。寒冷依然是这时节偶得的拙句，不便推崇。一切智慧的诗句都在酝酿之中，等待某一恰当的时机，语出惊人。

种子已攒足了内力，只等雨水和暖照光顾，就破土而出，站成一道生命的风景线。采几粒鸟鸣，收入春天的诗行，让春的气息和色彩更加生动而圆润。觅得几分早起的晨曦做事的背景，通透、灵动，诗的内涵就跟着充盈起来。

一些花醒了，一些花还在梦里，偶尔被几声鸟鸣惊扰后，翻了一个身又回到梦里。几只蝴蝶在花间悄悄地穿梭，与花朵相互映衬，却是淡妆浓抹总相宜，仿佛一首诗歌里的一句结尾，与整首诗歌相得益彰，互为补充，以达圆满。

这当儿，桃树开始迎风蠢蠢欲动。黑褐色的树干终于忍耐不住，伸出一枝粉嫩嫩的桃花来，让人惊艳它的美，好过满树繁花，仿佛这是老树的一颗掌上明珠。

夜晚，一些心事醒着，一些思念装进了心房。月亮依然皎洁，干净，美丽，自顾自地将如水月光泼洒下来，有种超然物外的洒脱。

大自然当中，花草树木每一种生物，都以自己的方式生活在这个世界的一隅，它们有自己的语言、习惯，做着自己温柔的梦，它们欢喜地、不被干扰地生活在自己的王国里，正因为它们心思干净，人类才能闻到空气中弥漫的青草香、花香、山果香，以及泥土的芬芳。我们要做的，就是保持呵护这些美不被破坏，用这些美好的意象，编织我们自己的花梦，这也是我们能够给春天的一个最好的注解。

从春光里，随处可捡拾关于美的词句，而干净的灵魂亦有了安放之所。

听一曲《赞佛偈》吟唱："佛面犹如净满月，亦如千日放光明。"让心灵的音符跟着起伏，然后平复，心思变得干净，心怀喜悦。我知道，我心中正有温润的气息在聚集，在瑜伽放松调息时，我忽然心生感动，泪水盈眸，心中有爱，让我充盈而温暖。

等爱的少女

不说话，我把这个世界的美都装在眼里，细数它的好。此时，沉默是金。我要跟着感觉，握紧画笔，抓住世间的爱和美，让你读到我的爱，依然炽热，即使就留下一笔，也足够了。

驻足，胆怯，羞涩，我不敢迈出半步，我矜持的内心正在膨胀，我养在体内的小兽，开始张牙舞爪，就要跳出来，成为爱的隐患，成为疾病蔓延。

来吧，再来一点虚构的颜色，让思念更加适宜疯长，等你认领，一同回家。

此时，暖色调正在一点点偷袭教堂的晚钟，让好更好，让美更美。还有什么在悄悄隐退，在水墨的色彩中隐藏了自己。晚霞还在暖着孤独的小船，钟声敲响的时候，爱正准备上岸。此时若布下爱网，一定能满载而归。

我给你的都是花朵，带着罂粟花的毒，慢慢种植在你的身体里。却不知，我也病了，病在你的爱里，低烧不止。我绯红的脸颊，是你焐热的红玫瑰。我等着你收起，然后放到盒子里，封存千年，成为你一个人的窖藏。

那么多不知名的花在开，在风中悄悄送出自己的暗香，我赤足走在其中，随风而舞。给我一点春色，给我一点绿，让我成为其中的一朵，也制造出属于自己的蜜，毫无拘束地释放美，等你来采。

我看到了纯真，像一朵刚刚开放的花朵，不染尘埃，不需修饰，天然雕琢而成。是谁抢占先机，闻到了花香，让她有了凌乱的疼和不知所措的茫然，从古色古香的背景走来，那只漏水的壶并不能降低她的美，也不能划伤她的肌肤和她眼里的幸福，她用洁净的身体捧起素洁的花，她爱这些弱小的生命，胜过她自己。所以我看不到邪恶，我只看见天使。

带我飞吧，让我们的灵魂飞升。我微闭双眼，等你把幸福一点一滴唤醒。我们洁净的羽翼正一点点脱离地面，抛下这俗世的枷锁，有那么多的好等你来拿。带上花朵，带上云彩，我们一起飞往爱的天堂。

花间梦

别急，你一定要耐心等着。我用月色稳住内心，用清晨第一滴露珠，进行擦洗。别急，就一会儿，容我倒空所有的污秽和滞留的小杂念，赶在你想我之前，收拾好自己。

月光还是你的，水也是你的，花朵上的蜜蜂还是你的。你是蜜蜂甲，我还是那只蜜蜂乙。花间梦，嗅青梅，比翼飞，还是你的，不离不弃。

多美的组合，我们，是你和我组成的我们。不许再多一个，也不许再少一个，是锅和勺相互摩擦碰撞的两个人，是一条小路走剩下的两个人，是你靠着我、我倚着你看星星的两个人。月色很深，夜睡着了，我们浮在表面，醒着。

你看，我们的花开了，开得多努力，多认真，多仔细，朵朵丰满，层层叠翠，有着干净的花瓣、小巧的身子，和娇嫩、粉嘟嘟的笑脸，多像我们熟睡的女儿，乖巧，可人。

这样的时候，喜欢和你对饮，饮下小剂量的诗意，属于浅斟薄饮。用诗句对弈，比简单的说话更胜一筹，更能表述今晚的清风明月，是轻巧的、灵动的、富有韵味的风月，却不关风花雪月。今晚不谈性别，不说琴瑟和鸣，我们是伯牙与子期，是一把瑶琴弹出的高山流水，是知音觅到了知音，是我寻了千百度，觅到了你。

今夜你写下的字多么好，你打下的江山多么美，多像你的眉眼，小小的内核，大大的框，忽闪忽闪，有着自己的微光和聚焦点。我就是你大范围撒网捕获的一小粒字，带有青草的香，带有露珠的晶。这么好的江山，决不能再丢弃；这么好的城池，决不能再失守。被你小口读出的秘密，就悬挂在唇边，不怕也不逃。

你停下来的时候，是我的短句，属于短小精悍的句子。此时的我就在你的右侧，是一个逗号，靠你很近，但不能贴身。你走动的时候，是我的长句，属于没有标点符号的段落。此时我与你遥遥相望，是一个尾巴，只能缀着你的影子，左摇右摆。

你的江山很大很牢固，我不便吞咽，只能采取策略蚕食。冰冻三尺非一日之寒，我只能一分一毫地照射，一寸一寸给你输送暖，直到使你成为我诗句里的一个著名的词，熠熠生辉。

红：打开俗世的缺口

不开灯，我把自己隐藏在黑夜里，静观窗外的灯火，灿烂而辉煌。我喝下江河的水，饮下这干渴的寂寞，从黑夜打开缺口。

在这大好时刻，允许我心猿意马，甚至允许我丢掉忧愁的小包裹，专心喜悦。让此时的心潮一波高过一波，直至嵩山的顶端。此时，谁还会小心眼，抓住冬天的小辫子不放。我们只说春天，只说暖，说长江，说黄河。

大地辽阔，岁月静好。看，绿在一寸一寸地长，温暖在一尺一尺地增，握在手里的幸福就跟着壮大起来。

爱上红尘，爱上悲伤和欣喜，爱上上千次的花开和花落。缓慢地俯身，用前倾的姿势把俗世的生活拉近，用纤纤玉手把绿色一滴一滴地丰盈起来，把太阳花一朵一朵地推醒。

看日出日落，慢慢下垂的光线，就要握不住的旧时光，一点点隐退，消失。唯有你自己，依旧执着地留在俗世出神。

看到红，就仿佛温热了一壶老酒饮下，红就有了度数，热情就从四面八方包抄过来。暖是从秋天就开始的，提前储备，像田鼠一粒粒搬运过冬的粮食，在冷来临之前，不用借酒消愁，遇到暖字，你就可以把三分秋色平分，一半用来醉，一半用来羞涩。可以放飞一池的波纹，任意荡漾，无论从哪个角度切入，红，都是你的聚焦点，都是你文字画龙点睛的要素。

陷入，溶入，抑或镶嵌。来，你无法与红脱掉干系。你躲闪，小心挪步，让红红得更娇艳，让疼疼得更彻底。抛弃琼浆玉液，舍下翡翠玉，你这个纯洁的女神落入凡间，成为佳话典故的主角。

当红色占据了主色调，秋季就披上了嫁衣。我的洛神，我的维纳斯，在我的一截旧时光里安静地醒来，张开细碎的爱，一寸一寸地羞涩起来。这些爱给了飞鸟，给了云朵，给了我一样痴情的女子。所有的花为你笑逐颜开，所有的露珠为你擦洗人间的灰尘。此时把心情调到最佳位置，不等于山洪暴发，也不等于泥石流塌陷。像一个出色的调音师，你把心率调到地平线以上，像刚刚探出头的太阳，你的热度就开始解救处于水深火热的山民。

爱上你不需要理由，你的美貌是月亮淘洗过的，时而上弦，时而下弦，时而滴滴圆润。你没说出的爱，还在山谷日日夜夜顺着小溪流淌。现在是秋天，遇到红，春天就被赶进我的怀里，恣意荡漾起来。

花朵：打开隐藏的香

女人遇到你，美可以更美，好也会更好，就像一只蜜蜂接住了你给的蜜，我接住了你给的静美。

风来，拂过花瓣，就有欢喜悄悄溢出，窃窃细语，不吵不闹。阳光过处，就有明亮的小闪电，牵住过路人的眼光，喜爱就会跟过来，打探消息。

每个春日，都暗暗地积攒内力，细细打磨，把内心储存的好，一点点运输到地面以上，让旁观者为之动容。采集晨露洗面、洗心，只有下一场干净的雪，清心寡欲之后，才可以靠近你。阳光下，小心地打开隐藏的香。这干净的香，细碎地开，温暖地溢，把美开成粉的、黄的、红的小短章，暗自妖娆。

我来的时候，花儿正在集体做梦：云想衣裳花想容。一丝丝的香偷偷跑出来袭人，袭蝴蝶，也袭蜜蜂。每朵花都是有灵气的，都小心地裹着美，不动声色。

还有不谙俗事的蓝蜻蜓、红蜻蜓，都是彩带里的亮点。不问情为何物，只要花红柳绿，就要起飞，就要把体内积攒的美带出来，精彩亮相。

我的花，要慢慢地开，不应景儿，不赶趟儿。从一点一滴开始，不错过晨露，不错过雨滴，吸足了养分，待太阳检阅时，仔细地打开粉嫩的花瓣，再打开嫩黄的花蕊，最后打开隐藏多日的香，美美地亮出自己。

安静地打开，小欢喜就依着花瓣，轻轻展开细软，让生活从此，因了水润的青春，提色，光鲜照人。

你看着它，只要在你的目光范围之内，内心就满是欢喜，满是细细的暖、小小的疼。这是你心里的小树，就要吐出一滴滴的绿，就要翻过冬天的围墙，枝繁叶茂。

不必对我的花季质疑，开到最后的是我，定也千娇百媚过。秋天一过，我就准备打包，邮寄自己。把自己淘洗，晾干，压缩寄给你。

你定是那个书生，放下书本，放过清风明月，用一杯水的热情接纳我，给我解压、松绑，还原我，放纵我，滋养我，最后吞掉我，这些我都一一默许，只为和你融为一体，再不分开。

节制的爱

我给你的爱不会全给，以便让彼此在爱之后喘息片刻。还要节省爱的词语，不全掏空，留一些偏旁，作为闲暇时的回味。还要试着跟现实和解，不怨怼，把每一个冬天都当作磨炼心性的一幅画，反复临摹，让雪慢慢擦亮心境。试着把爱再收回一寸，只一寸，足以让那个小小的果核，既柔软又坚硬，且自带光芒。

我前进十里到桃花园，又后退十里抵达春天。此时，桃花依然在开，我站在桃花与春天的中间，在风口处模拟一场爱情。人面已经模糊，桃花正艳。在香气出逃的瞬间完成了一次伟大的飞翔。此时，爱是奢侈的，让彼此陷入词穷的深渊，只有春风还在得意。

我知道，爱像一道闪电，忽然就把生活打开了一条缝隙，放一缕风和一个信号，挤进来。让灵魂在颤抖中，死去活来。角落那盏闲置已久的煤油灯，此时被起死回生。

我知道，爱也像一阵风，只要有空隙，就能完成一次穿越，在每一片肌肤的纹理上，完成滑翔的高难度动作，就有火从生活的底层点燃，日子开始吹起愉快的口哨。

但我更知道，有一种爱叫作你在我心里。它比月光还要美三分，比梨花还要多几片洁净的花瓣。

在梦中我战栗了两次。一次是反复练习，养在身体里的那只鸟终于飞了起来，整个天空都变成了它的。一次是我被冬天一剑封喉，完好的那个天空，相继塌陷。醒来时，几颗梦境的残核，在枕边零落成花。

来，请到我身边来，让我细数你的好，我诗歌的行囊里，装满了你，有鸟鸣，有花香，有三月的草长莺飞，我不能再错过你。

这片灰暗的天空，直到遇到你，才露出一道缝隙，让禁锢了多年的风，有了冲出去的愿望。在这片辽阔的江山面前，我可以自由支配，比如，把你节支、引流，南水北调到我的小河里，让我养小鱼小虾，养出一枝有着姣好面容的睡莲来。我专做一个小盗贼，盗走你身体里的菊花酒和小南风，让我卧在写你的诗歌里，贪杯。

我忍受饥饿，还在想你。你大于我的食欲，小于我的梦境。我不动情念，就是不给你温暖的土壤，就是不让你移情别恋——爱上发芽，爱上开花。节衣缩食地约束你，就是让你，成为我一人的江山，一个人的祖国，一个人的世界，今生今世，纵容我的爱。

那时，你把我带入绝境，卡在时间的转盘上，不能动弹。现在，又让我绝处逢生，柳暗花明。我只好用酒，而不是雨露，冒一次险，篡改一下你留给我的内容。

现在，趁这个冬天还没有走的意向，摸准暖的位置，才能站稳脚跟。

爱上你是我新的偏好，是你的内核在我身体上划出了一道痕迹，是一种成长代替另一种生长，是孕育代替分娩的痛，是我的身上，悄悄长出了另一个你。

你看我一直很安静。面对大雪，我不矫情，面对春风，我也不纵情。我一个人的天气，时好时坏，但安静且不悲哀。

没有铺陈，你直接把我带到春天，看水暖看花开，看春燕啄新泥。我满身的俗气，还没来得及洗掉，还有那么多的刺，没来得及拔出，你就把我渡到了爱的彼岸。你说都不要了，上了岸，你就是我的全部积蓄。

没有惊动天地。你提前为我存好了爱的借条，为我借来一千年的好日子。

你为我清除了一切拦路虎，给我借来三月的青草香、四月的莺鸣、八月的桂花香。你把这一世的暖提前放贷给我，却不收利息。

重新擦洗岁月留下的疤痕，今夜让我抱紧白玉兰的花蕊，干净地开放。栖在一朵花瓣上好好爱你，让你因我而璀璨无比，令我因你而温润丰盈。每时每刻，都含蓄饱满，蓓蕾怒放。

我被你一程一程，送往春天的路口，左拐，再右拐。然后，我看见春天在山冈，静卧，打盹。你来之前，我把整个春天都给你留着，把一池的碧波给你养着，我不让小心思破门而出，怀揣整个江山，足不出户。

零下十二度，与春天无关。为你精心种下的罂粟，却脱不了干系。置身冷中，我收集更多的火种，让我怀里的思念温暖如春。我养在体内的小兽，正蓄势待发。心藏岛屿的女子，还需要几滴红花油，外加少许冰片。这样一路顺畅的思维，才可保持爱你的惯性，不跑偏，不发烧，直抵春天的岸。

我看到自己在对岸，中间，隔着一年的光阴。此岸，我看到你风姿英发，招手，叫我走过这个璀璨灿烂的春天，义无反顾。

你一程一程地送我，用迷雾送，用小溪送，用细雨送。最后，你用大海送我，用一浪高过一浪的海水覆盖我，淹没我，打湿我。

我开始刻苦学习，用一朵花的距离，跟着你采集馨香；用一尾鱼的自由，尾随着你奔走海底。当你一次又一次地把我的大脑搬空，把我的声音置换，把我的思想全部扔上岸，气喘吁吁的我们开始把夜色掏空，占山为王。

来，吃下诗歌的种子，在暑天，我们喝下大量的水，让体内的欲望开始行走，开花，结出的果子落在我们的纸上，别停下来，抓住时间的缰绳，为我们的诗歌赢得更多的空间和几率，胜券在握，在终点，回头看，满纸的诗句长出来，而我们并没有累坏。

秋叶黄了，你使尽浑身解数，要让你的领土重新茂密起来。你用动词开路，用小斧头下土，小心试探，又用温柔与粗暴的词，交替开垦，播种，浇水，引流，你遇到一眼泉，一小股泉水溢出来，又溢出来，湿润了一大片领土。

终于，你的领土长出了绿草，继而绿草如茵，花香袅袅。你停下来，吸烟，擦汗，眼看着自己的杰作，微笑不语。

解　　救

我必须收拾好这段日子，精短打扮，不拖泥带水。我必须越过山越过水，越过生活扔给我的所有小包袱，爬过这个坎，营救一只被伤的候鸟。我必须赶在日子的终点前，赶上日子，截住它，必须在心灵迁徙的时候准备好，准确返航。

我跳到生活里，捡拾一粒又一粒的辛酸和甜蜜，用文字排列成细密的针脚，缝住疼痛的伤口，以及被忽略的日子留下的缺口。一个人不只是陷入生活，还需要更多的逗号，停顿下来，慢慢品尝生活带来的不同滋味。从生活的高度退下来，成为一粒沉甸甸的葡萄，由绿变紫，由酸变甜。

我更喜欢储藏孤独，在暖中存一点冷，从繁华中节省一点冷清，精心变废为宝，藏在骨头里的小刺，多么不合时宜地干扰你的迷惘。尖锐的疼，总能让你在一个人时做到：在太岁头上动土，不安分地跳跃，把东施变成西施。

我必须从句子中找到黄金，从颗粒无收的纸张上，播下只言半语，打点空洞的思维，让雨赶在路上开花，让淋湿的诗句，充满诗意。

我还有一小块土地，没有耕种，正呈现出一个睡姿，等待一个美妙的梦翻身，拿出最好的轻音乐，拿出最干净的词语，喂养我的小忧伤。我还要抽出一部分零用的心情存起来，于某日化零为整。

我不是口无遮拦，是我内心的湖水正在泛滥汹涌，找不到更合适的出口，找不到落脚的营地，我只能绝地逢生，掘开堤坝，让我像长江一样奔跑起来，像雨点一样倾斜，赶在你的前面，等你。原谅我莽撞地闯入你的腹地，与你相约，花好和月圆，瓜熟和蒂落，才不虚此行。

就跟着一小片阳光，奔跑，跳跃，让内心的水活起来、奔放起来。让错过的花期补上一个慢镜头，让好心情的另一端系上一串钥匙，随意摇晃出惊喜的小铃铛，把温暖的尘埃打开，把俗世的生活拽紧，让车水马龙的日子，继续叮当作响。多好的你，多么透明的露珠，都是我今生不容错过的一段日子。

我需要靠近的一朵花，叫作暗自妖娆；我需要靠近一种干净的思想，叫作冰清玉洁。濡染我，同化我，靠近一点就多一点纯净。无论怎样的恶劣天气，都不能把它染黑。高傲地活，干净地走，把春天走成百花园，把冬天走成诗海。给我一条小路，不打扰我的宁静，多么好，你看，我也在开花，往白里开，往香里开，往岁月的静好里开。

在夏天，我多么想让春风，再次掀起一片春潮，从我的思维中悄悄来，再悄悄撤退，我使尽浑身解数，也无法让夏天为我臣服。我在高温下，煎熬一份感情，大火煮沸，再小火慢熬，提心吊胆，怕它外溢。这纸里包的火，随时都会穿透夏天，烧伤我。

九寨：温润的一阕宋词

喜欢宋词的精练古典，而九寨就是一阕温润的宋词，随手翻开，都会有轻巧灵动的词迎面而来，婉约，冰清玉洁。

九寨是大自然的阆苑里，一个不可或缺的长短句。

小心地翻开季节的帷幕，犀牛海是不容忽略的一个大词，饱满，成熟。五彩池是变幻的词曲，有暗语在流动，悄悄地躲在杜鹃花的花蕊里，窃窃私语。日则沟是一小阕安稳的词，沉稳，舒缓，且不失热烈，红叶就是其中的一个小令，渲染，点缀，且可以喧宾夺主。诺日朗则是一阕豪放的词牌，那飞溅的水珠，就是它的韵脚，无数个灵性的词在寻找出口，你只要轻轻一点，无数美妙的句子就会飞起来。

九寨的美可以是红笺小字，说尽平生意，也可以是乱石穿空，惊涛拍岸，卷起千堆雪，还可以是春色三分，二分尘土，一分流水。九寨的美统揽大局，又别出心裁。

这温润的词带着宋朝的气息潜入九寨，喊醒了一千年的曲牌，辗转腾挪，涌动的绿意、不停歇的水声与杜鹃、天鹅和水鸭和鸣一曲九寨的神奇之歌。

一定是童话里的一颗星子偷偷逃出来，逗留在了九寨。一定是飘落人间的仙子，误入桃花源，不打折扣地爱上人间的大手笔。在宋词里随意挑选一个词，安放在此处，都是恰如其分的，都是丰满的词韵。一定是古希腊神话中的阿芙洛蒂特飘过人间瑶池黄龙沟，袅袅而来，这洁净的水，这灵性、水润的画面，是她一手成就的彩绘。她把天堂带到了九寨安家落户，这薄薄的水雾，静谧迷人，她一定恋上了九寨，心系一处，寂静欢喜。

遇到诺日朗，你自然宽宏大量，被阶梯式的水瀑布洗濯，你一定要轻吻神性之光。轻一点，再轻一点，读出水和光的音节。被暖包围，被爱轻抚，沿着一些娇嫩的花朵寻到香，沿着一滴滴剔透的水珠找到美，你会深深地爱上九寨。

遇见诺日朗，要小步腾挪，移步易景，大珠小珠落玉盘，坠入水晶般的童话世界。

一百零八个湖泊，星罗棋布，就是一百零八个水精灵在起舞，瑶池玉盆，海市蜃楼，亦幻亦真。

饮下青稞酒，把梦就安在五花海上，神秘的梦境就会潜入，藏宝箱就会再次打开，在柔曼的轻纱后面，隐约发光。

九寨，是今生绕不过去的一抹绿。在海子旁，你会和一只水鸟面面相觑。它发出的声音很美，很乖，很讨人喜欢。脆生生的绿，这童话里的绿，有天鹅陪伴的绿，有野鸭渲染的绿，是天堂的绿，是九寨的神曲。

在九寨沟，多想像老牛一样，吞下这无边的美，在夜晚吐出来反刍，让美反反复复搅扰着舌头和味蕾，让稠密的绿，一点点渗透到肌肤里，成为一片绿海，长在身体里。或者连那片芦苇海也一并揽入怀中，细细评品，让芦花的梦恣意汪洋。

不追究源头，也不问结果，与九寨相遇，是一场神缘事故，是冥冥中注定，只有神来之笔，才能解释这场不期而遇。花儿羞怯，紧紧捂住香气，鸟儿暂时保持缄默状，绝口不提它闯下的祸。

一场无法阻拦的绿色暴动，或抢占制高点老虎石一览无余，或潜入犀牛海的底部做探子，打听水世界的小道消息。把葱茏、青翠欲滴、墨绿、青绿、翠绿发挥到了极致，仿佛绿色的丝绸，细腻光滑，一泻千里，绿与绿缠绕在一起，美与美互相渲染，覆盖了九寨沟。

人在其中，如在画中游。美被升华，身体里忽然长出一片片绿色的诗意，与这次暴动不谋而合。

开封：宋词水洗过的宝地

三千年的古韵，就是千里烟波的蛊惑，香如故，不只是帝王看上了你，那么多的词人更是热恋着你，与你情投意合。杨柳岸、菊花盏、黄昏雨，哪一个不醉了词人的才思，让敏捷不在话下，随手就能拈来三五句，合辙押韵，字字珠玑。

在开封，采天地之精华，觅开封之灵气，每一朵菊花都是蜜饯的意象，像邻家小女，羞羞答答，又夺人心魄，让无数帝王爱不释手，流连忘返。秋光乍现，一些暗示还未启程，而开封大地上的菊花已经吵吵嚷嚷地说开就开了，仿佛藏了好久的心事，一下子倒了出来，一吐为快。

整个开封府不就是被宋词水洗过的宝地吗？既是宝地，就有人惦记，孟子游梁，窃符救赵，哪一个与开封府也脱不了干系，即使孙膑、庞涓也与其有着千丝万缕的关系，剪不断理还乱，放下矜持，进行兵场上的斗智斗勇。

黄河和淮河从你的腹部穿过，更是亲眼目睹了你的辽阔和质感。那么多的河流经过你，滋润你，又丰满你，泥沙俱下时，又有地上悬河让你展开“城摞城”的奇景，让你为自己的丰满再添浓重的一笔。

词人撤离之后，留下了文字；帝王撤离之后，留下了故事；开封从古代延续到现在，留下了古韵。

从线装书里，借了宋词的韵律，为开封铺开宣纸，题上用宋词水洗过的诗句，以中轴线定位，开封不动，古都不动，故事就在原地踏步，行不更名坐不改姓。

在时光的皱褶中，记忆不断地打着折扣，头昏眼花，而宋都御街却逆着时光隧道行走，历史被捕获，一幕幕地被放映上演，清晰如昨。在开封，虚拟一个身份，府前侍卫还是府内丫鬟都可，着宋时装，在宋都御街行走，用仿宋体书写情书，用宋代的语言谈一场恋爱。

从宋代偷渡而来的女子，婉约而至，韵味悠长，擅长词曲，巧思辨，舞罗扇，嗅青梅，眉目传情。在清明上河园上举办一场婚礼，不能免俗，一切习俗都是宋代的，连耳边吹来的气息都是宋代的，在对仗工整的礼仪队伍中，寻找虚拟的宋词，古装古景，梦里梦外，将肉身从宋代抽离开来，思想还在走直线，转不过弯来，直到撞到南墙，才如梦方醒。

从《清明上河图》上是否可以找到一尾鲤鱼，那座往来川流不息的桥就是一扇拱形门，来个鲤鱼跳龙门，为此图画龙点睛，为开封再博一彩。

时令已久，年代已久，这画外的揣测只属于弦外之音，并不影响《清明上河图》的本意，他们仍然我行我素，忙得热火朝天，自娱其乐，根本不把我们放在眼里。他们有他们的大方向，始终不变，我们有我们的小心思，偷偷隐藏，各自安好，相安无事，只当路过开封，路过清明上河园，只看一眼，便终生难忘。

清明上河园是否就是《清明上河图》上走下来的原景?在园中要小心地走，生怕踩疼宋代的气息，屏息，小声谈吐，害怕稍一大声就惊了这图上走下来的古装之人。

时光也放慢了脚步，改作了小碎步，在熙攘的人群中瞻前顾后，让图里图外再也分不清。

开花的树

在春光烂漫的季节，就做一棵开花的树，美美地开满枝头，抹去冬天的萧条，多好。我愿意被一些来自红尘里的光芒，薄薄地盖着，取暖，安静，坦然。

有些美，就这样不经意间闯入我们的眼帘，安静恬淡，让人无比幸福和温暖，仿佛在默数着细碎的光阴，给人以贴心的暖、温润的呵护，有云淡风轻的感觉。

多么好的三月，各种花草的香正在云集，梅花正是一副姣好的面容，等待阳光捧在掌心呵护。那粉色的衣，如薄薄的纱，将这个春天的海打翻在地。请允许我恋上红尘，如此，便可有爱不绝。杏花很轻，且低眉、顺眼，但心思细密，且干净。海棠依旧笑春风，一层层的小涟漪，就是一阕被吟诵的小令，口齿含香。我从你身上找到了绿色的词语，一阕又一阕，一洼又一洼，葱茏，饱满，富有诗意。

无论我从哪个方向望你，都是一样的美，都让我心存温暖和爱。含苞待放。积攒足够的养分和内力，正在等待下一刻美丽绽放。清风一缕，悠闲半许，惬意若干，这粉红的花苞，在阳光下正大胆地打开自己。借小风吹送，从花蕊中游离而出，暗香盈动。

用一朵花喊醒另一朵，用一种奔腾推动另一种。用轻柔和细软，推醒了春天，是一朵花对另一朵花的依恋，是一截时光对另一截时光的怀念。有些爱的线条，正在一节一节地圆润。有些小心思，正与黄昏的阳光，融洽地密谈，而此时，爱的绿意，正在温柔地拂过小草和树林。

有时，你不经意地涂抹，却成就了一幅水墨画。此时，作为名词，你在画中，美和你同在。在美丽的平原，春风十里，掀起迷人的盖头，让香如月光般倾泻下来。让花香的波涛再起伏一些，让温润的日子再多一些，这些挤在一起的小姐妹，挤眉弄眼，窃窃私语，多好！

有些美，需要我们一点点地建造；有些爱，需要我们一点一滴地积攒；有些干净，需要我们一丝不苟地保持。

我们也要试着把自己放进词语中慢慢行走，补给，充电，让内心蓄满阳光。

流水与心路

春天再次误了秋的大事，没有一五一十地说出私心：用绿洗劫整个大地。岁月误了文字的说辞，有些事实现不了，兑现便在承诺上打滑，高悬的月亮只等十五把自己盛满，圆起一个美丽的谎言。春天惹下的祸，只能等到下一个春天解决，就像产妇落下的病，要等到下一次分娩才能治愈。谁在自己的哲学里身体力行，谁就在自己的故事里闪闪发光。

春风留下的后遗症，戒不掉的只好自我反省，从春天出走，各奔东西，开花的开花，结果的结果，只是一场官司，再也打不赢。

取下半个偏旁，说半句话，有时太阳和月亮就隔着一个词，我和你则隔着语言。一个词可以变暗，也可以变亮，就仿佛开心时世界是亮的，不开心时世界就是黑暗的。

一些词用过数年依然不会被磨损，老人是被自己的后代用旧了，用老了。名字已经被别人用旧，与本人已词不达意，互不谅解。只能用表面文章安抚日渐衰老的面孔。有些词应该一生珍爱：独善其身。有些话应该一生珍藏：浅喜深爱。

一个人被你伤得很严重，就等于寒心，也等于冷漠，还等于你在他面前，他却无视你的存在。内伤三寸，外伤三寸，我的思想已体无完肤。谁此时混沌，谁就与我不谋而合。谁在这个清晨清醒，谁就与我背道而驰。

所有的内伤，无论伤到何处，任何说辞也无法取得它的信任，你不做任何更改，别人也模仿不了你。小道消息只能暗度陈仓，偷偷传播。造谣的人总是事先篡改原文，捕风捉影。嫉妒总是背地里吆五喝六，当面却噤若寒蝉。而羡慕却能给人留有余地，供人反省或者骄傲。

谁遇风寒，谁就有资格拿风说事，评头论足，通盘考虑。一边咳嗽一边虚荣，把风事说成花事，让你误入歧途。

有人在往事中继续伤风感冒，在花事荼靡的故事里上火，却不知，被一朵雪花洗涤内心是件重要的事，被一朵莲花光顾是最要紧的事。

有时，两颗心需要互相照耀、扶持，才能取暖，才能有花开，有果结，才能有风景看。无论花开还是凋落，都一样是走向结果。无论变软还是变湿润，都一样是熨帖，像相爱的日子，越来越好，越来越温暖。

真心爱我的人，企图从我的掌纹上接近我的心，来达到共振。我是从一首歌曲的内容上翻译出他的心意，好事多磨，我不忍一错再错，把好日子弄得一再缩水。月圆之夜，我与爱人，共同闭关，反复斟酌相爱的措辞。

旧时光，有时残留着发霉的味道。就像六月雨天，挥之不去的潮气，就像陈年旧账，已溃不成军。

人这一生，来一个人，去一个人，这过程，谁为谁买单？最后谁洗牌？过路的人只在冷眼旁观，只有爱你的人，才会为你洗牌，为你买单。

为了接近死亡，我一次又一次地在梦中活过来，跟着小草在每年的春天，再把自己重新葱茏一遍，让自己有了生机。我不细数小草的过节，只粗略地给春天一个简单的注解。我秘密地醒来，毫无干扰地活着，我有我的法则，你有你的运算方法，一切不确定因素，都属弦外之音，只要在自己的轨迹内运行，且各自安好，距离就是最美的隔断。

有人在初一躲雨，就有人在十五等着晴天。有人被天气暗算，慌不择路。有人在自己的牢笼里被别人搬弄是非，还热切地等待减刑释放。无心探究身世，牵出多少匹马来啃啮，才能阻止内心荒掉。我不揭穿花的秘密，你就不会知道花的因果，经过反复推敲和打磨，花事才会圆满。消息在走失之前，适于提出早退，一场雨后，一颗心不需要扶持，慢慢就挺直了腰板。

所有的细枝末节都被标注，唯一遗漏了心路，我把世间那么多的路全部阻断，只留一条退路，让我自省，让所有的嘴一起哑口无言，世界也跟着低调，默不作声。我不轻信春风，也不过玉门关，任佛把我度到哪里，都不介意，只要一直在路上，在思考，我就等得花开。我只朝佛迈进一步，莲花就开了。天一黑，心中的青灯，就自燃了。从此，不敢轻易地张嘴，只怕一开口，佛就离我千里。

我坐在文字里辟邪，在字里行间隐瞒身份，我戴银饰来排毒，吃五谷杂粮来养胃，靠阅读古典诗词来养心。拿着专用的铅笔涂着人生的选择题，在未公布答案之前，我的人生就未画上句号，谁也无法妄加评论我的对与错。

临水而居的文字

除夕，如此热闹的时刻，我依然保持零度，低温说爱。在文字的江南依水行走，留出一小段虚无的思念，填充更大的空旷。

那个心怀岛屿不近尘埃的女人不是我，那个深陷泥潭支离破碎的人也不是我，那个离开爱的掌控、手握一本泰戈尔散文诗集、隐在一粒尘埃中低微地活着的人才是我。

从子夜开始，我被一首诗歌重新命名。我中了诗歌的毒，一病不起。

我不能用诗歌宽恕一个旧名字身后的错。手抚瑶琴，让内心重新开出细碎的兰花，小心地开，干净地开，轻重缓急，拿捏准确。面对新年举手投降，交出内心的伤痕。

用此生默写一个人的名字，用来世涂抹掉被爱划伤的痕迹。

我临水而居，洗濯锈迹斑斑的旧时光。如果我没有旧病复发，时间尚且充裕的话，我不会再为忧伤开绿灯，不会为嫉恨买单。我会用文字为即将来到的好日子预存一些积蓄。且反复练习，用薄凉的词给爱降温，从高温降至低温，让多年前遗落在民间的一桩心事变成低音，安静，沉寂，等待厚积薄发。

我秘而不宣的山水，都是属于文字的，连风和水草都是朝向它的。当春天另一条河流开始解冻，开始有了抒情的成分，我行走的文字就成了丰满的江南，春意盎然，又诗情画意。此时，我动用了人间最名贵的狼毫，酝酿了饱满的激情，挥笔，书写，省略逗号，省略感叹号，先是草书，再是行书，最后是小楷，形成的文字，洋洋洒洒。

这是天空给大地的情书，是一个女人把羞涩和含蓄喊醒的时候，不管是明喻还是暗喻，是象征还是排比，所有窥视到蛛丝马迹的人，都激动难抑地笑了。这最痴情的人不动用苍穹，只用最干净，也最晶莹的旁敲侧击打动了那些山河、草木和背影的心扉，就删繁就简地获得了另一半的芳心，获得文字的青睐。

面对大好的春天，来，让我们把心情慢下来，不论大家闺秀，还是小家碧玉都不过分，我们只要怀着柔软的心，就能在春天找到发芽的爱情。别错过一株草、一颗种子、一粒刚刚萌芽的爱。慢下来，就意味着你给了它们机会。如此，你让春天越过爱情线喜上眉梢，也让你的妙笔生花。

爱着今晚的微凉，爱着生活的轻音和拐弯处的重音，爱着生活的十字路口和经纬路，爱着杯子中的小小旋涡和安静下来的清冽，同时，我更爱着文字散发的墨香，熨帖，温暖。此生，爱着，保持零度低温。

时光轻轻飞

时光是一本没有页码的书，被一页页地翻开，又被一页页合上。

琴声一停，所有的兵马都沿着琴弦退回原地，保持肃静。风声一紧，所有的叶子都拿不定主意，在枝干上瑟瑟发抖。真理一到，谣言便体无完肤，无处遁形，一念之差，便可翻天覆地。

时光轻轻飞，翻过一座山，再游过一条江，或者跟着南来的船舶、北来的马队，来看你。用我的诗歌为你梳洗打扮，梳你的青丝，洗你的小家碧玉的容颜，描你的端庄、文雅，绘你的清丽、葱翠，还有你多年积攒下的美好，一并收录到我的字里行间，等待出阁。用文字呼唤犹抱琵琶半遮面的你，喊出你的一江春水，喊出你的十里风光，喊出你的山清水秀，全部到我纸做的江山里，安营扎寨。

枯木逢春是一种美，像清风一样醉人，也让人惦记。从时光中走来，被轻声喊出的一个词轻轻暖着，被春光宠着，就意味着，同时被时光不动声色地爱着，内心的光芒就跟着，一片一片地明亮起来。

躲掉生活的重，来大自然清心静气地吐纳纯天然的氧气。这绿色毫无顾忌地从山坡的树丫中抽身而出，从低处到高处，从低微到高贵，从黯淡到明媚。面对美你没有理由沮丧，面对沉重的生活，你需要咬紧牙关，从指缝中将苦难捏碎。

如果，时光可以倒流，可以投胎，一定要重新来一次，以婴儿的身份换骨，睡在四季芬芳的花丛间，成为另一朵玉兰花，安静地醒来，像湖边青青的草，像瀑布里飞溅的水，轻轻打开这个世界的美，重新爱一次。

时光，这曾经被搁浅的意象，像一首诗中的一个短句子，醒目地独立着，闪着隐约的光芒，任由你记得或者不记得，都存在那里。起风了，从喧嚣中回到宁静里，仔细听，寺里的虫鸣和钟声，将心中的猛兽放开，寻回一片空地，喂养身体里的青山绿水，打扫出一间禅房入住，吟诗、绘画、填词，让这片山水更葱茏，更水润，我们跟着，让日子更好，风生水起。

时光的种子在发芽

十指相扣，我在想有谁能穿上一袭绿萝姗姗而来，纠缠的，或是松开的，千丝万缕的疼在午夜打开，还可以抱紧一点冬天里的一丝游离的暖呼吸。今夜，我宿在文字搭建的小岛上，就有无数翅膀张开，等待花香将自己催眠。

我们四目相对，望上一眼，再望上一眼，岁月就流动起来，是水声吗？还是你的内心亮起了一盏小灯，忽闪忽闪落在阳台上，我们把温暖缓缓收起，再把窗纱慢慢放下，像放下一件心事。然后，我们跟着时光飞起来。

如果悲伤由来已久，那么随着外衣一层层减少，我的愁苦也褪去了多层颜色，只剩下惨淡的白色。最终，没有因也没有果。此时，我的手心握着无数的可能，一朵芬芳过后的花，一粒离群索居的稻谷，一个漂泊的影子。但，我宁愿所有可能只兑换唯一一种可能——攥住自己的命运。

从天气预报里，我看到了更多的寒冷，而我现在还怀抱着小阳春，把自己肆无忌惮地扔在月光里。这一年的光景还剩下一个小尾巴，还好啊，我知道内心的荒草是需要除掉的，空出来的部分储存温暖的阳光，我要精选一粒种子，让它发芽。只亮一盏灯，把我内心的祖国所馈赠的花朵点燃。这么多年，我没有被日子吞掉，所以我还可以晒我的月亮，在干净的月光里做浅浅的梦。

我不能坐等苍老，内心还有火可以取暖，还有一点时间可以租用，哪怕是偷了公家的时间，我也要抓紧赶制自己的蜜，我们只有一个宝贝，所以我们还可以有闲情雅致。就算我们都老了，还有存好的爱可以挥霍。一点一点，一舌头一舌头，咂摸，反刍。那时，在我们的皱纹里，一定还藏着许多依然新奇的美丽。

深秋的色彩

秋风依然记得人间的门牌号码，轻轻一推，便携紫气和喜悦一同进入。大地依然慈悲，不仅捧出万物的果实，还献出自己的骨肉，供我们领养。秋风举着时令的刷子，从树梢、草丛到湖水，从庄稼、田垄到湾边，不断地刷上金黄的颜色。深秋被定格成一幅油画的模样，挂在天空下、大地上，这无边的金黄，晃得整个天空眼疼。

秋风再次击鼓鸣笛。一些成熟的庄稼开始从高枝谢幕，依次倒向大地的怀抱。在秋风的穷追不舍下，麦粒投身泥土，隐藏了身份，乔装打扮，换了一身装束，重返江湖。秋风开始与树叶热舞。舞姿时急时缓，热烈而曼妙，一片，两片，三片，慢的像华尔兹，快的像伦巴，把急促的呼吸甩在身后，让风接住。

而秋水总喜欢在夜晚卸妆。拉上丝滑的窗帘，藏起一些小心事，也将人们的好奇关在窗外。总是比鸟儿更早醒来，喜欢用风反复擦洗脸庞，轻皱的眉头里，一些秘密开始走漏风声。走过了春夏，依然年轻，有葱茏的底色，抑或借用岸边的金黄点一点胭脂，运色均匀，恰到好处，起到提亮肤色的效果。黄昏是热恋的时刻。夕阳没有失约，褪去一身的浮躁，只将柔和的温情传递过来。秋水羞红了整个脸颊，温情脉脉，妩媚动人。内心燃起一团火，不断地燃烧，直至将彼此融化。有了恋爱感觉的秋水，即使没有风，内心也无法平静下来。

此时，秋叶依然静美，也脱俗，在哪里都自成风景。借一块石头，就能安放内心的寂静。借一片草丛，就能握紧漂泊的命运。借一方水域，就能载动流动的思绪。渐渐丰富的内涵，让脉络走向更加清晰，恰如不惑之年的女人，成熟且风韵尤佳。没有约定俗成，走在秋天里，只是在适当的时候，亮出自己金黄的王牌，把自己圆满起来，不问来生。大地开始有了色差，黄与不黄，自己说了不算，唯有节气发号施令。夏天偏左，冬天偏右。唯有秋天在冷与热的中间，公平地称量人间的好。

天空被冷渐渐掏空，瘦了下来，肥大的外衣，可以容下更多的白云、鸟鸣、炊烟。一些鸟儿开始加紧习练，赶在隆冬来临之前，排好方阵，成功地完成迁徙。它们开始鼓动翅膀，训练有素，频频回旋，给深秋最后一次深深的回眸。它们的翅膀即将托起的，还有一个无名诗人的嘱托，可是对此，它们并不知情。

瞬间便是永恒

春光乍现，花香沁人。迎春花、连翘、梅花、杏花，宛若馨香女子，轻轻一动，摇曳多姿，就俘获整个春天的青睐。

花儿不语，却保持着闺密般的默契，不争不抢，在属于自己的时光里，积攒内力，努力地开，把春天托举成一束奖杯的模样，将所有的冠冕都云集春天一身。借你一世的丰饶，装扮春天的闺房。每朵花的香气都是淡雅的，都是出逃的曼妙，一不留神，就溜走了。

垂柳依依，似多情的少女，舞动着柔软的腰肢，轻拂水面，将清澈的湖水搅扰得春心烂漫，似懵懂的初恋，蠢蠢欲动。一些枝条还在陆续变绿、发芽，一些花苞陆续打开，像打开一封情书，惊喜而又羞涩，抓住春天的大好时光，让自己好好地谈一场恋爱。花随风舞，香随风动。每一份情愫都沾染了香气，曼妙而多姿，雅致而清爽。与花相遇，恰逢黄昏，一束夕阳的暖照，惊艳了整个春天。

含苞的杏花花蕾，身披粉色的外衣，还在小憩，脚步放轻，不忍心惊扰它的美梦。微风拂过，我在等你，绽放一缕幽香。

花开香绕，妖娆美艳。每朵花都在对的时间里，遇见了阳光，遇见了春风，遇见了雨露，不负春光不负韶华，风姿绰约，把整个春天美翻了。

你的花期，我只借一瞬。只一瞬，便是永恒。用瞬间的美定格永恒的画面，用一颗洁净的心，换取一束花的素净，美才是纯粹。恰逢遇见一个心仪的人，你只借他一程，这一程，便是余生。借你一世的情，换我瞬间的回眸。只因邂逅，便是缘。缘深缘浅，用心便是。花开花落，经历便好。

我耐得住寂寞的故乡

很多的谎言都很美，都披着美丽的外衣，动人的话语如同波涛，一次次冲上来，打动一颗柔软的心。可是啊，今年，我的星座是最落魄的，要机不逢时地遭遇桃花的洗劫。

多么美，人面桃花。如果花期错过，就成了落花流水。而我支离破碎的故乡，一直都在忍耐着波浪滔天的寂寞，这骨子里的功课，完成是因为有人选它是必修课。如果做了选修课，相信这个人永远都不懂，什么叫寂寞。

我只是暂时离开你的照射，带着风、带着一小片阳光，移开你的视线。我知道，离开你，就是离开大面积的阳光照射，光鲜，就成为虚拟的一种假设。这仅存的一小片阳光还是去年的，甚至是上半生的。

你呵护过的花朵，都在暗自妖娆，香气绝不是一个人的特征，如果我有十万亩的波涛，也只有你能俘获它，你用蓝天的蓝、大海的蓝，不动声色地平息它。我带着整个春天来看你，让枯萎一冬的你，长出新芽、绿叶和思想的小藤蔓，春天的大面积的海醒来。这时，你可以小心地一点一点地，让波涛荡漾起来。

你在一月写下二十七亩情诗，在二月，又写下十五畦情书，这个我最清楚。他们都在路上，跋山涉水，在阳春三月，幸福就破门而入。多好啊，在今年春天，你和诗歌开始初恋，你从一厢情愿终于达成一见钟情的默契。

你诗句里的春天，开始越过惊蛰，越过雨水，抵达你。这个来去无踪的精灵，漫过来，再漫过来，爬上你的脚趾、大腿、胳膊，最后在你的脸、额头和唇处停留，被幸福恩典的你，欢喜得语无伦次，多像蹩脚的翻译家，将你的心情，颠三倒四地四处翻译。而你，把温暖捂紧，不松口，生怕一说出，就被走漏风声。

在植树节，我把仅存的幸福压枝、埋土，在三月，我要把这些枝条分在各个花盆里，让一个幸福，分娩出若干个小惊喜，让整个房间都有发芽的会心一笑，若有若无地停留。那么多的女人，先你而被诗歌眷顾。站在路口，你发现已有无数个女人走在你的前面，而后面，并没有蜂拥而来的云朵簇拥你，让你高贵。你如一粒无人注意的尘埃，在平原的一个小住所里，独自卑微着、寂寞着，背着干涩的诗句，赶路。

你用叶片上的水珠洗着贫瘠的思绪，在花瓣上开出小小的香，在阳光中如一只小蜗牛在叶子上慢慢爬行。这个春天，我绝不放过，就让它替我，绿给你看。从树身到树梢，抓住每一丝细小的暖将自己绿起来。

有风吹过，它颤抖的身躯，替我守住小秘密，还要再过些日子，比如，到了夏天，让它开出花来，替我想你。这是与你有关的惊天的秘密。一缕缕的清香，是我为你传递的丝带，和你密谋的诗句就藏在花蕊中，足不出户。

秋天，按照惯例，我们都在等你，等你编一顶花轿，来花房，敲一敲蓄势待发的门，接新娘。冬天终于再一次来到，你一定要提前把我细心地贮藏起来。等千年以后，我就是你洞藏的白狐，等你一声轻唤，我就醒来。

小雪，给大地覆一层薄薄的光阴

小雪至。大地开始被覆上一层薄薄的光阴，等待诗人认领。一些轻微的冷已披挂整齐，开始上路。高明的诗人开始借助一些诗句，打开身体里久藏的暖，与寒凉交手，高手过招，总能把冷的力度试探出一二。也可借炉火的摇曳，自我陶醉取暖，像在秋天的田野，靠近一幅温润的油画，来暖心。

比起风，雪更加富有内涵，不轻浮，每一次造访，都努力把六角印章往实处盖。或与伙伴联手，形成合力，给大地盖一个最大的章。晶莹剔透的不只是水晶，雪也是。雪的命比纸薄，却对冷有着无比的痴情，一遇见太阳，就点燃自己来殉情。

我的诗跟着雪一同潜入黑夜，一点点蚕食梦境，无意篡改内容，只是让梦境越来越像真相。在雪夜，每一个失眠的人，都是被梦驱逐出境，而又找不到归路的痴心人。

小雪之后，一场大雪正在预谋压境，先用冷雨打探消息，再派寒风制造声势，一路吹着口哨，打着响指，像霸道的地主，擅自克扣银两抬高租金，收走太阳十二分热度。在来路设下埋伏，精心酝酿一场白色的暴动，瞅准太阳打盹或醉酒昏睡时，快速下手。

在冬天，风想做的事，谁也挡不住，比如，它用半推半就的冷进行诱惑，先让小雪走出闺房，再带着它一起奔跑。或者用更粗暴的方式，把夜色涂抹得更加黑暗，让一只寒号鸟用压抑的呻吟犁开夜色，等待明亮的大雪前来搭救。

这些进口的冷，正把冬天一点点逼疯，不放过每一个缝隙，用尽浑身解数，也要把冷的暗哨安插到位。一有风吹草动，就展开全面伏击。躲得过北风的方向，却躲不过冷的追尾。让每一个经过冬天的人，打怵都胜过打战。

每次置身冬天，我就会多用一分力去爱尘世的暖，这不是我想要的。我一再节省使用“爱”这个动词，反复临摹小雪的天气，不太过用力制造冷，也不太过表露温存，而是每一分都要拿捏到位，该隐藏的决不暴露，不让冬天摸准我的七寸。我深知，一旦用尽，这一世将再无爱的利息可提。

作为旁观者，我独坐冬天一隅，偎红泥小火炉，沏一壶红茶，咽下这一瞬的暖，像湖水的波纹，荡开冬天的冷。

或者，冷眼旁观，等待冬天的寒凉把我淬炼成佛。

西塘：水韵词牌

烟雨入梦，水韵铺开词牌。在隐约的水声中，乌篷小船，从水面开出一朵莲，移动或停泊，都是禅的悟语。有风吹过，指尖的微风成了唐诗宋词的索引，正悄悄翻开一阕词，等你介入。回望，凡尘俗世，梦幻江南，西塘，正以永恒的姿势，打开一本浩大的诗词集。此时，前尘往事，都在这本书中隐藏了身份，以杜鹃花瓣的方式，托举着江南的脉脉温情。

斜阳夕照，云霞波光。以一曲暮歌为嘉善洗尘，曲笔都是水润的情愫。月影入水，乌篷船缓缓剪开水中的月光，兀自漫游，在水的词牌中，温润着月色。如一朵莲，出水，出尘，无修饰，却惊艳了整个水面。细微的橹声，在水中画出逗号、句号，抑或问号，让一阕词有了疑问，也有了顿悟，其实，此岸彼岸，渡船，渡别人亦渡自己。

一轮月，一叶舟，两岸灯红，似各种形体的汉字，填写了西塘一阕词曲。一杯酒，需浅斟薄饮；一盏茶，需慢咂细品。西塘，作为一阕长词，需低吟浅唱，才能洇出水韵的词牌。西塘，以水为媒，裁剪出一件件词曲编织的嫁衣，待字闺中，等待明眸皓齿的如意郎君来读出西塘心中的那阕词。

因一段水慕一座城。因一节长廊恋一片天空。一座城，与水缠绕；一节廊棚，在水的拐弯处，和风一起等我。千盏灯笼，摇曳的影子贴着月光滑落水中，一探水中的究竟。青石老巷，铺开古典的韵脚。明砖清瓦，乘古风的韵脚，以时光倒流的方式，再次驻扎在西塘的记忆里。烟雨长廊另辟蹊径，在古韵中开出一片典雅和诗意来，烟波过后，一弯月惆怅，一个人的思念铺满月华。石皮古弄，街板青亮，仿佛千年的足音，敲出灼灼芳华，谱出一曲汉宫怨。暮色四野，弄深棚长，曲径通幽，时光的蛊正酝酿一种思念的毒，完全不具备孟婆汤的功效。一旦说出西塘或嘉善，仿佛被做了标注，再也不会遗忘。

陌上花开，朵朵悠莲，有阳光抚摸的痕迹。花香越过尘埃，经由皮肤向心的方向延伸，让每一个来西塘的过客，以亲吻的方式，为每一枚花瓣轻轻题下陌生的痴情，却绝口不提内心的秘密。

千年的风吹过，厚重了古镇的底色。印象青春，雨巷小憩，让繁华入住古镇，古典与新颖并存，让旧时光在现代化的节奏中穿越时空。长廊棚，小轩窗，古桥旁，回首处，不知故乡异乡。

一城月光，万家灯火，让淡雅融入了俗世的烟火味。水墨的江南，在雅俗共赏中韵味十足，像一段现代乐器伴奏的越剧唱词，咿呀唱腔，兀自悠长了一段时光。时有细雨，密密匝匝，打破光阴的空无，路灯的光影在雨中迷离成小巷的悠。一些店铺带着浓郁的现代气息，在深幽的雨声中恍惚着，渐渐与古老雅韵融合在一起，隽永成一段时光故事，成为西塘的注脚。

乡村的美

在乡村，不设闹钟，公鸡的引吭高歌总是最先刺破黑夜，成为最准确的报时器。接着，烟囱递上一条轻柔白色的连衣裙，在老屋的上空起舞。

二丫惺忪的睡眼刚刚睁开，就从牛圈里领出忠实的朋友，去河边遛弯。那只比邻而居的白胡子不紧不慢，尾随其后。农耕的日子就驮在黄牛的身上，从日出到日落，像很大的一条弧线，让农夫爬上爬下，让日子时起时落。那么多不被注意的小野花，恣意地开着，就在一群山羊的嘴边霸道地香着。

绕过二月的柳绿和三月的桃花开，省略田埂上的车前子，地头就有烧熟的玉米香袅袅而来，放下女子的矜持和羞涩，心甘情愿地成为大花脸。

水车以最淳朴的质地，略显粗糙的手掌，迎着日月、星星和朝霞，朴素的外表，古典地立在岸边，悠闲自在地转动，周身古色古香。

乡间的花还在，你推我搡，嬉戏打闹。岸边的草还在，使劲地绿着，瓜果蔬菜正在阳光的亲吻下羞涩地赶路。乡下人的微笑，就在木质的框架上，一圈一圈荡开来，幸福的日子就在水车古老的歌谣中一点点提升。

沿着乡间小路，或者水路，让我的文字从鲜红的番茄里洇出来，从金黄的麦浪里起伏，让每一次心动都跟着露水闪，忽闪忽闪忽闪……不需对仗工整，只要遥相呼应，像蛙鸣和狗吠，在夜幕下此起彼伏。

在乡村，悄悄领养风、背影，还有河边的木船，这些跟思念沾边的意象，挤在一起，足可以把一个忘记家乡、铁石心肠的人磨软。如果没有解药，又不想一病不起，就尝尝乡间的溪水，甜可以让你忘记内心的疼。

我爱过的大河都是有光泽的，我喜欢过的小溪都是有灵性的，我派遣的汉字都是精挑细选的。我把整个春天都打开，把心情重新晾晒，把春暖花开重复读活，我只要“乡间”一词美好地开上一万次，再开一次。

美人一样的光滑肌肤，灼痛了今晚的月光，泪光闪闪。一只白鹭照镜梳妆打扮，成为美中的美，大美与小美都是天然的。钟爱两岸的红花灼灼，荷塘里睡着粉红仙子，小声一点，脚步轻一点，这些尚且娇嫩的美人坯子，时光说一声爱，美人都一起荡开。

如果你来

如果你来，一定不要错过这金色；如果你在写字，就用瘦金体；如果你在说话，就吐字如金；如果你不想说话，就沉默是金。

只要是与美打交道，无论输赢，你都会沾染一身灵气，甩也甩不掉。在春天，鸟儿喊醒的绿都是甜甜的，都是带着感情色彩的，向上接住爱，向下接住美，上下都是一个人不容错过的好。

轻轻打开这个世界的美，重新干净地爱一次。我的思念成灾，就托红嘴鸟传话，用羞涩的嘴捎口信也行，十万火急，前来灭火。

风知道低调，也知道适时张扬，该藏的时候绝不含糊，该吹的时候也绝不吝啬。比如这里瓜熟蒂落，这里人杰地灵，都会被送出去很远，你顺手一抓，就会中个头彩。

来，继续运气，走笔。落笔一定要有力，拐弯处要圆滑，要藏起自己的棱角，不伤害也不被伤害，就像我们要用智慧过日子一样，懂得张弛有度、收放自如，不拉伤生活，也不被生活拉伤。

心灵的门一经打开，便有无数星子，闪着明亮的眸子，向着黑夜涌来。心中的花一经绽开，便有无数蝴蝶，张开翅膀，绕着花房翩翩。旷世的黑，被目光一圈圈剥离，一同被剥离的还有心中的疼，直至孤独露出鱼肚白的肌肤，跟着晨曦醒来。

如果你来，就从云端走下梯子，捎一缕北方的黑土地，馥郁的清香，醉饮。我用一千个星子串起的思念，那是我用一千个日夜发酵而成的女儿红。来吧，我们就着月光下酒，把这夜色一饮而尽，让藏在角落里的坏情绪，从杯子的边缘四处逃散，让我们的红晕，从银河出发飞落人间。

我们打开海，像打开一扇明亮的窗口，然后探出头来，像一颗星子镶嵌在夜空。我们陷入海的怀抱，空白，一刹那的眩晕，这是个很大的词，上不着天，下不着地。我们是两个浮萍，要借助一个救生圈的浮力，完成人生的每一次沉浮和抵达生命的浪尖。

今晚有月全食，有举世无双的红月亮，在袅袅的月色中，借着婉约千年的那些韵律，我读出惊世罕见的美。此时，我不化妆，只亲近阳台的花草，不是还俗，只是把自己从台前转到幕后，看一朵花微笑，看一粒阳光雀跃。今生，遇到你，就成了美丽文字的偏旁，与美相辅相成。

自由行走的花朵

我剪切春日的百花、夏日的雨露、秋日的满山红叶，粘贴在冬天的院子里。我收藏冬天的每一缕阳光，暖着这些宝贝，让美在小院儿里恣意流淌。

我很想把你的微笑留住，深入玫瑰般的色彩中，然而你远去的足音，扰乱了我的思绪，我只好等着另一个开始。我很想把纷飞的雪花留住，让它陪伴你纯洁的心，可是迎春花的色彩隐去了它的影子。我只好在春天里祈祷：属于我的花朵慢慢到来。

如一枝孤独的丁香，浸插在夜的紫陶罐里，正经受着内心某支曲子若即若离的敲击，无声地飘摇着，像一个人内心最后的守望，希冀还在，内心的花朵就会复活。

自由行走的花朵，你驻扎在我的身体里，成为我的一块心病，我没犯下滔天罪行，这些年却像逃犯一样躲躲闪闪地活着。你干净得一尘不染，我不忍打扰每一朵开花的梦。

很久很久了，你让我爱得这么苦，这么委屈，又这么贫穷，我忍着这些年的苦日子，全速前进，忍着大滴的眼泪，不吵醒你。把爱你的力气节省下来，刺绣一样，耐心地用于打理日常琐事。

在他乡，我把吐露家乡的字眼，打碎了咽到肚子里，只字不提我夜里都牵挂着的花朵。我隐匿了好多年，终于等到花开的季节，我越过山，涉过水，万水千山踏过，忽然一下子就现身你身边。这是我全部的财富啊，你给我整座山峰让我挺拔，给我整个大海让我澎湃，给我整个春天让我惊艳。

还在等，等一朵花苞，在今晚露出羞涩的粉红来。别急着打开，别急着把风景看尽，留一点余地给过往的空气喘息。窗外的冬天，突然遭遇室内的小阳春，让满屋子的心事窃窃私语，一吐内心的暖。

在我空旷的视野里，大的也是小的、微妙的，也是辽阔的。如同我的睫毛就是一个世界，而眼前的世界，仅仅只是我的一次呼吸，一次凌乱的心跳。

这世界，我说的，都是关于你的，只不过，我把你放在一朵花上，自由出入……

养在身体里的花朵

春日是好日子。你在与不在，我都守着春日写字。是与非自有时间翻译，写下的才是财富。风景不在别处，就在自己的身体里养着，像养在身体里的花朵，遇见就不准备离开。好日子是一步一个脚印走过来的，不嚣张，不专横，不独占。

好日子未到，我不敢偷懒，不敢大声说话，不敢坐在旧日子里一边忧伤，一边失眠。把干净的心思遣回内心，重燃一盏灯火，给自己写下的字壮胆——令遍地的青草在春风的召唤下，若隐若现，铺天盖地，不可阻挡。

风在吹，把所有的冷都吹成暖的样子——寒冷已经越来越淡，越来越轻。身体里就有无数花朵在开，素馨花、玉兰花、莲花都在内敛地开，心平气和地开，纸玫瑰不显山不露水。那么多的好日子接踵而来。被花团簇拥的女人，便是满心欢喜的一片春色。

如果可以，就借我一片海，哪怕只做其中的一滴水，每个夜晚都可以为你澎湃不止，只因靠近你，就靠近了干净的世外桃源，惊喜就一个接一个地跳出来。如果可以，就让我做一棵不曾开花的树，哪怕是其中的枝叶，我要为你打破千年禁锢，开出满身的鲜艳和活力来，因为见到你，我才想到开花。

绿草如茵不只是一个词语，且恰到好处地镶嵌在人间。莲花不只是干净的意象，更是好日子的福音，在一点点打着圈，扩展。在温暖中浸泡，在干净中陶冶，你会超凡脱俗。花朵遇到了阳光，就像贫困潦倒的人遇到了贵人。鸟儿遇到了树林，就像游子回到了故乡。

留不住青春，内心也要像十八岁的女儿，越变越好看。有谁忍心在翠绿的地毯上留下沉重的一笔，有谁忍心看着一棵棵小小的绿色生命在春天夭折？当你深情地读透春天的美，就读出一片干净的诗意和旷世的绝美，就会濡染内心，生出一片晶莹而丰盈的玉兰花来。

从手边最细小的地方开始，美就有你的一部分，绿水就有你的一滴，你就可以是其中的一朵洁净的白云。

用一杯酒抵达红尘深处

你我之间，虽一石之隔，却冰火两重。就在此刻，我的内心正在刮一场激烈的西北风，凛冽，吹着号角，仿佛万千雹霰从高空坠落时，对一片无辜的叶子产生的冲击力。我的世界，剧烈震颤，山川痉挛，滴水成冰，而我，要赶在黑暗越境之前，动用全部能量，气运丹田，将这块巨石挤压出去。

谁来拯救我，用什么方式把我淤积的痛融化，把苦涩的泪水变成蜜蜂的蜜，用一滴香水融掉我一池的苦水。在暗夜里，我把仅有的爱编成一串珍珠，给我温暖的时光和虚幻的梦。

红尘如此之深，我的两脚羁绊在这个尘世，不停地丈量冷暖。月圆了又缺，花谢了还开，每一个花开的日子都是个好日子，每一个月圆的夜晚都是一个梦开始的地方。月下独酌，花下幽梦，我可以遣送一次悲伤，悄悄摆渡，走水路，不留一丝痕迹，就像今夜的一杯酒，小小的杯盏，可以泅渡我的小舟，抵达岁月红尘的深处。

我只有一种旋律，用时针不动声色地爱你，单调的漫漫长路，我让它们成为慢镜头，或者像一条小溪，需要缓慢的速度，细水长流才不会迅速干涸。我用分针一点一点地喜欢你，从未知到已知，从零存到整取，言浅情长。我用秒针一格一格地提醒你：我们活着，幸福地活着。每一个短暂的日子，都掷地有声，咔咔作响。我们无数次的相聚，又分离，当这一生的时光，被我们零乱地走完，来世的时光，将永远重合在十二点上，不再分开。

今夜，没有星子和月牙。亲爱的诗歌缪斯，请打开窗，允许我和你幽会一次，并给我一次亲吻的机会，我要赶在天亮之前，把上千封情书读给你听。即使我是旷野里的一只麻雀、东海里的一颗水珠，请允许这个充满激情的人，自我陶醉一次，醉眼蒙眬地欣赏一颗夜明珠的光芒，并嗅着石榴树溢出来的体香，神采飞扬地醉一次。太阳的光芒刺疼我的眼，我背过身寻找自己的影子，用背影抵挡一片绚丽的色彩。

好吧，让我沉默。我不说出名字，不说出这一生当中重要的文字后面是谁在等着我。此时夜深人静，适合放肆，适合把胆小如鼠的我从牢笼中放出来，让我走正路，不走黑暗的小巷，让我挺胸走过每一条大街。也许最纯洁的东西，都已沉睡，只有此刻，我才能昂起头来，在暗夜里独自发光，给自己看。

自由调遣的花朵

反复无常的天气，多像小时候过家家，一会儿好，一会儿坏。莫如，我们放下复杂的过程，删繁就简，直接坐下来烤火，把内心的冰川烤化，把冻住的那些附属品一件件抛掉，只留纯净的心灵和一双敌得过尘埃的明眸互相取暖。此时，我们放下尘世的重，彼此心照不宣，在文字的天空自由驰骋。

在一万枝桃花中挑选了最弱小的一枚，作为我文字独树一帜的花朵，精心呵护的都是美的，且是干净的。被众人同时爱着是很痛的一件事，桃花灼灼，再也回不去了。守住四月粉红的秘密，专心只做一个人心灵史上那个永远待嫁的新娘，用文字装点新房，等待书中的“黄金屋”和“颜如玉”的出现。

梨花开的时候，我想到雪，想到干净的词和暖暖的思念，这些洁白的花瓣一起涌来，霸气地香着。面对万亩梨园，我必须压低步伐，换上小碎步，踮起脚尖，像跳曼妙的天鹅舞，我必须颔首、屏息，然后俯身低首，侧耳聆听。面对雪一样的梨花，谁还能高傲起来？如果我是进京赶考的举子，突遇这一场浩瀚的梨花雪，我所有的诗歌词赋就都找到了知音。我宁愿留下来，和其中的一朵厮守。朵朵梨花，朵朵晶莹，这清白的寂静中，一定有我想要的香，一定有一朵，是我藏在胸前口袋里的爱。

在文字中行走，如在水城漫步，如果我说到活水，同时还说到水的清、水的润、水的细腻，一条条美丽的河流就在文字中惬意地流淌，你中有我，我中有你，仿佛两个相爱的人，或是两棵相依的大树，相互缠绕，耳濡目染，耳鬓厮磨。此时，虚拟一叶小舟，让我凌波微步，让我融入这水的世界，随这绿水深流，在这如诗如画的仙境，如梦如幻，如醉如痴，从永远到拥有，既不舍明月高悬，也不弃朗朗白昼。

此时，我不动声色地冰着一个酸酸的词——紫或者葡萄，多像冬天的时光，凉凉的，隔着冰，隔着零下的温度，从空气中漫过来。请你给我多汁的生活，我会加上三分的冷静和五分的清醒，留二分给我的味蕾，自由调遣。

时光碎片

我一直寻不到自己真正的喜好。那个暖色调的黄昏，一下子碰到了我的感觉，仿佛一切都命中注定——这些年，它就蛰伏在时光的深处，等我认领。

它是有气场的。它的出现，一下子惊到了我，世俗也就旧了。原来，我等的就是它。透过竹帘，我看到月光泻下一地的柔情，将前朝旧梦洗得干净无尘。岁月的香偷偷跑出来，躲在角落里，不肯就此散去。

仿佛，采摘了一种植物，放在花瓶里，慢慢地阴干，一年，两年，三年，慢慢变色，褪去了原有的水分，最后像古董一样，旧在了那里，也香在了那里，也把美定格在了那里，却是耐看，是能够与时光、岁月抗衡的。仿佛一段幽远的故事，搁浅在古建筑当中，在一片古色古香的回廊中，在黄昏中透着某种旧时光的味道。

那时，必是岁月清浅，时光温柔。总有一种错觉让我心生感动，仿佛我就是前世的一个女子，隐在旧时光里，寂静欢喜。着一身古典服饰，在回廊中款款而行，或在黄昏扶着窗棂若有所思，那时的我一定温润如玉。

仿佛我就是旧时光里的一位妙龄女子，在开满雏菊花的秋千架上悠闲地消磨着奢侈的时光。或许，你就是那个月下舞剑的公子，我就是在柔柔的月光下倚栏看你舞剑的那个女子。或许就为了这段旧时光，我才每每重复这样的梦境。总有种错觉，我是从旧时光里一不小心走失的。很多时候，我们可以活成镜中花、水中月。

每每这样想时，便会有泪，便会有力不从心的柔软。在清清浅浅的执念中，挥霍着青春，恣意着诗般的日子。旧时光原来可以这么美，圆润如玉，质感而迷人。原来，我们也可以在红尘中，在一次不经意的回眸中，相认。

岁月安好，时光依旧。在浅淡的日子里，过去的光阴，仿若初见。需要腾出一些空间，用来储存新的快乐。回头望，日子都是旧的。向前看，每一天都是新的。慢下来，听雨，赏花，看景。闲时修花弄草，吟诗撰文，做喜欢的事，与舒适的人在一起，散散地聊，开心地笑，不计较，不相争，不怨怼。一人时，一书，一笔，一清茶，一心安之；一诗，一文，一故事，一笑而过。不纠结过往，不忧虑来日，用心书写今朝。孤寂并不可怕，动荡未必精彩。

收拾好心情，守住自己的心，护好自己的后花园，有晨曦剪彩，有明月点赞，每个人都可以做最好的自己。允许残缺，允许人生的不完美。红尘之中，珍惜属于你的一切，错过的本就不属于你，不必惋惜。在以后的每个新日子里，与人为善，心怀一颗童心，简单不复杂，单纯不浮躁。

心静，一切皆安。心善，一切皆美。前世的缘，今生的果，一切都早已命定。唯愿：善自珍重，好自护念。

第三辑　女人的心思

爱情岁月

相信缘分。坐在季节的风车里，听着风铃悦耳的声响，我在等待。只因相信缘，相信我的等待不会变成枯萎的花瓣，我的梦中一定会有芳草地，总有一天，会与你相遇在爱的河畔。

你走来了。在一个风雨交加的夏日，你走进我忧伤的故事里，并且成为记忆里一帧难以磨灭的影像。你走近了，带着失恋后的忧伤和那凄楚的琴声，一同迈进我的视线中。在那个夏日的黄昏，不远处传来萨克斯曲《回家》，美妙的音乐感染着我们。我开始跟你学吹口琴，吹那首《牵手》。我们走出彼此忧伤的小巷，越过雨季，去阅读生活。

我喜欢在你温暖的目光中嬉戏逗留，喜欢偷偷地阅读你，让昨日的梦境渲染成心的花园，追逐翻飞的蓝蜻蜓。曾以为读你很容易，会像读一首清新的诗，像欣赏一段轻盈的华尔兹。凝神专注你的明眸，努力去读懂你，思绪却被反射回我的身边。面对你深邃的目光，我茫然。我读不懂你，也读不懂自己。于是，我们一同坐在黄昏里，拿起笔写下心中的感觉，连同夕阳那柔和的余光，一起编入书中，著一部只有我们俩才能读懂的小说。

你的幽默、好动与我的多愁善感、柔柔弱弱充满了这个季节，你的歌声赋予这次缘更多的诗情画意。我用炽热的情感去叩响你庄园的门。知道吗？这需要多大的勇气啊！为我写诗了吗？你问。我没有回答，只把思绪沉入湖底，惊醒正在休憩的鱼儿，四处游动。

远处传来了那首萨克斯曲《茉莉花》，我们静静地坐着，共同祈祷在季节的那一端，能结满我们甜甜的笑。

无尽的黑夜，伸进我孤独的心窗，心在静静的港湾沉默不语，记忆流浪在街头。没有你的日子，我用真挚的情感为你写一篇“少女的祈祷”。不想表白我寂寞的心，就让初春的绿色，爬上季节的窗口，陪我一起等你。垂柳的枝条，轻抚着窗棂，数着你的归期，多希望你能如期而至，就像季节的铃声，如时摇响。

我叠了很多小船，把那只最美最精致的放在我情感的河流中，让它摆渡到你的视野中去，去感受你的温存。小船漂走了，载着我的思念，穿越凶猛的风浪，向你靠近。没有月亮的晚上，点燃蜡烛，把你的照片放进我温馨的祝福中来，祈祷那只小船如期投入你的怀中。

爱上太极的女人

太极，是我们传统民族文化的瑰宝。太初有道，道化太极，太即大也，极即尽头。习练太极，能够修身养性，达到超凡脱俗的境界。

爱上太极就是与天地精神结缘，就是与自己的心灵对话。杨氏太极拳第六代女传人叶永湘，一位气质优雅的80后太极美女，她为我们演绎了太极的美，气定神闲，美轮美奂。

在呼吸吐纳之间，调整气息，收敛心神，修身养性，心神合一，让能量在体内平衡循环，每个器官都畅通无阻，心境也随之提升，达到一种超凡脱俗的境界。

爱上太极的女人，气韵不凡，那种自信代表了内心的笃定，给人一种禅定的气息，美妙而空灵，心灵瞬间被净化，给人一种久违的宁静感。

在如此浮躁的世风之下，静下心来打一套太极拳或太极剑，仿佛一股气流充盈整个身体，使人豁然开朗，心无旁骛。

在美妙的音乐背景之下，太极拳的一招一式徐徐展开，动作连贯圆润，含而不露，绵延不断，恰到好处。太极与背景音乐的融合，恰如人与大自然的融合，返璞归真，心境自然平和，万虑皆抛。

此时，似乎一切浑浊的气息都被抛到了九霄云外，而干净清新的空气被吸纳进体内，身体的气脉随之慢慢打开，气息顺畅，心情放松，整个人清爽干净，中正安舒。

太极拳随音乐而起，天地人和谐共舞，而随曲终太极拳也在此时调息、收式，最终，一切尘埃落定，归于空寂。

太极剑同样韵味无穷。舞剑的女子在音乐背景的烘托下，翩翩起舞，时而如花儿开放，时而如流云飘动，飘逸的太极服，衬托了随性率真的心境，一下子把我们带入无我的境界。在美妙的音乐陪衬下，人随剑走，剑随人舞，恍如有无数的花瓣飘然落下，人剑合一，和谐默契，舞出了曼妙美感。

进步绞剑，似娇羞花朵含苞待放；提膝捧剑，热烈如百花怒放；行步架剑的旋转聚拢，则仿佛是天空的云朵，轻灵飘逸，美不胜收。

太极，让人在欣赏中陶醉，在陶醉中静心，在身临其境中如醉如痴。爱上太极的女人，为自己，也为观者演绎了一场精神的盛宴。

感恩是内心开出的一束太阳花

一个人经常记着别人的好，就会心生柔软，心情也会跟着好起来。感恩，是从内心开出的一束太阳花。

我至今珍藏着一个小本子，里面记着一些人名，题目是“不该忘记的人”，并特意备注一句话：记着别人的好。

闲暇时会翻看一下，每个名字都像一朵小火焰，跳跃着，温暖我的回忆。受委屈时，也会偷偷地拿出来看，仿佛那上面不是一个个名字，而是一朵一朵的太阳花，是一盏一盏的烛火，给我温暖，给我慰藉，让我觉得这个世界如此美好，如此让人留恋。他（她）们都是给过我无限感动的人，我更愿意称他（她）们为贵人。

人们常说，贵人相助，这便是了。

当你犹豫徘徊、黯然神伤时，当你孤立无助、失魂落魄时，有人给你安慰和开导，让你重拾信心，继而看到人间最美的风景；当你滚石上山、顶风爬坡累得几乎要放弃的时候，有人伸手拉你一把，帮你爬过人生的坎。这些帮过你的人，给你的心灵冰原上升起了一缕阳光，让你感受到了无限温暖。

其中一位同事叫崔金环，看见这个熟悉的名字，她那百合花般温暖的面孔就会唤醒那些久远的温馨日子。那时，我大学毕业刚分配到公司上班，离家远，住宿舍，食宿条件很艰苦。她便经常喊我去她家吃饭，印象最深的是那种韭菜馅的火烧，厚厚的馅儿，摊上黄澄澄的鸡蛋，看着就流口水。她对我和蔼可亲，很像我远在黑龙江的大姐。性格内向、不善言辞的我，对这位崔大姐特别依恋，心里早就把她当成自己的亲大姐了。时至今日，这么多年过去了，每每想起她，心里仍会涌起一股暖流。而另一位年长我几岁的姐姐叫高广慧，在我结婚生子之后，经常约我带着儿子去她家吃饺子，至今这种亲密的关系犹在，我非常珍视这份难得的友情。

说起张兆泉，更是让我心生感动。他是我工作单位的老总，我刚调到办公室时需要写通讯报道，不知从何下手，是张总一字一句地帮我修改、润色，耐心地给我讲新闻的六要素。他还说，写文章不能急于求成，更不能闭门造车，一定要真实，要有血有肉，什么事都要有始有终、有头有尾，而且一定要字斟句酌、反复修改。在张总的指导帮助下，我的通讯报道很快有了质的飞跃，文字先后在《中国建材报》等多家报刊发表，也为我内退后应聘文字工作打下了坚实基础，至今想起，感激之情无以言表。

看到张庆和这个名字，心里也是暖暖的。他是著名的作家，最初我在建材行业报纸屡见他的文章，文风清新，朴实醇厚，于是便经常搜集他的文章来看。结识张老师，是缘于我读了他的随笔《哄哄自己》后，写了一篇读后感发在博客上，他看到很是高兴，给我寄来一本他的新书，而后我又对这本新书写了评论发给他。接下来发生的一系列事情，让我非常感动。我的一些诗歌、散文、评论陆续见诸报刊，多是张老师力荐的结果，他还亲自跑到邮局把寄到他那里的样刊寄给我，我感动得不知说什么好，我说，张老师您真是好人。他说，是你的善良勤奋感染了我，好人爱扎堆儿。

从此，我记住了这句话：好人爱扎堆儿。物以类聚，人以群分，人际关系心理学中有一个接近吸引律，是指由于交往双方存在着接近点而导致相互之间的时空距离和心理距离缩小，因此产生相互吸引的规律。这为好人扎堆儿现象提供了理论支撑，而且心态是起关键作用的。若一个人只记着别人的坏处，那么他眼前的世界也会变得暗淡无光。若一个人时常感恩，心里就常驻阳光，人也跟着灿烂明媚。相由心生，大抵如此。

感恩所有帮助过我的人。也许是一句问候，也许只是一个微笑，或者是在我陷入困境时伸出的一双援手，因了当时特殊的心境和困境，所给予的帮助必然是弥足珍贵的，给了我莫大的安慰，甚至改变了命运的方向。

因此，生活中的诸多感动便盈满心间，自然也会有感恩回报的愿望与行动。遇见乞讨的老人定会给予帮助，别人赠送的果品之类的东西，我也常会分给同事、朋友们，如此一来，我一个人的快乐就成了许多人的快乐。

赠人玫瑰，手留余香。有这份美好在身边，就会感觉阳光无处不在，帮助别人自然也就成为非常快乐的事情。

余生，愿每个人都心怀感恩，一心向暖，把平淡的生活过得丰盈，心中开出一簇簇温暖的太阳花。

给思念一把钥匙

佛说，前世五百次的回眸才能换来今生的一次擦肩而过。如果遇到你喜欢的人，那必是等了千万年的。

我是银河系里的一颗小恒星，于千万年的边缘与你相遇，目光灼灼却又柔情似水。我于往事的指尖眺望你，在岁月的河面上，舀起了一个甜甜的梦，这梦里，竟都是你的笑貌、你的音容。“流光容易把人抛，红了樱桃，绿了芭蕉”，在时光的隧道里等你，瘦成一个站台，无怨无悔。

“如果能在开满栀子花的山坡上，与你相遇。如果能深深地爱过一次再别离，那么再长久的一生，不也就只是，就只是回首时那短短的一瞬。”我相信感觉，因为一转瞬的感觉，抵得上一辈子的记忆。一次倾心的相拥，抵消一辈子的凄苦。在某个繁星满天的夜晚，你吹灭蜡烛，记忆会在那一刻失语。你起身翻开箱子找寻那把思念的钥匙，不小心触到那件红色的毛衣，尘封的过去会在你掸落的灰尘中蔓延开来。岁月于不经意间将我从那个山坡推下，一帘幽梦于昨夜踏着露水缓缓而来。你清瘦的面孔，深邃的眼眸，洞穿银河系里的每一个影子。你磁性的声音，由远而近，竟让我痴成一枚相思豆。我从你的目光中走出来，把思念拉成一道有始无终的射线。一把思念的小提琴，在你眉宇间弯成月牙。

“假如我来世上一遭，只为与你相聚一次，只为亿万年光里的那一刹那，那一刹那里所有的甜蜜和悲凄，那么，让一切该出现的都瞬间出现。”如果能与你相见，我愿在你必经的路口站立成一棵风姿绰约的树，等你。用叶子抖落每一丝疲倦，最后一只瞌睡虫也随之逃之夭夭。一滴露珠滑落在我的掌心，晶莹剔透，和我一起凝望你的窗口，在月光下，把思念写成一部长卷，等你翻开来读。终于，你走过我的身边，我努力地张开手臂，去抚摸你惺忪的睡眼，去亲吻你高昂的额头。晨曦中，你步履匆匆。那个清晨，在古钟敲响的那一刻，我悄悄地为你开放，绽开一世的笑容，朵朵都是我前世的企盼。开一朵花，将快乐丰盈成一轮满月；开满树的花，就会将思念的锁打开。

“忽逢桃花林，夹岸数百步，中无杂树，芳草鲜美，落英缤纷。”在水一方，有一幽静去处。衣袂飘飘的我携你闯入桃园深处，采鲜嫩的野果充饥，饮清凉的山泉止渴。看遍野百兽追逐，赏山坡百花开放。与世无争，与你终生厮守，两情相悦。忽一阵倾盆大雨从天而降，顿时烟雨蒙蒙，有一滴泪沿着梦的山坡跌落，打碎画面，你从画面中消失。醒来却是一个梦。你的容颜在我的思念中时隐时现。有失落在心口隐隐作痛，柔肠寸断，将思念震出一条长长的裂痕。

“伫立伤神，无奈轻寒著摸人。此情谁见，泪洗残妆无一半。愁病相仍，剔尽寒灯梦不成。”我从夜空划过，在你双手合十的缝隙中停歇片刻。我知道，时间是一把利刃，横刀夺爱，将思念斩断。我真的好累。清冷的子夜，泪浸衣襟，怎一个“愁”字了得。空旷的夜空更加凄冷，我冻得发抖。我要陨落了，在射线的尽头消失成一个虚无的梦。我愿变成芦苇花，随风飘散成一首凄美的诗歌。我会在清晨太阳升起的那一刻，牵着小人鱼的手一同慢慢升起，将身躯一点点融化，变成七彩泡沫，守在你必经的路口，只为再看你一眼，为那前世五百次的回眸，千万年的等待。

“纵使相逢应不识，尘满面，鬓如霜。”我已在你沉睡的时候变成一只蜻蜓，求佛给你生命。我拿起那把钥匙，打开我们最初的情感，我听着我的心轻轻一响，谁知，梦醒的你，已经不再记得我。一花一世界，一叶一菩提。花期很长，为何不再爱一次？你问。你的世界我可以重新来过吗？我可以再听到花开的声音吗？望着迷惑不解的你，我已经找到答案。我宁愿变成那只蜻蜓来换回你的重生，却不想将娇小的身躯投胎转世，不再。就让我停在你的肩上，陪你在灿烂如花的朝阳中行走，看你在天地一片宁静中微笑，日出日落，花开花谢……

今夜等您入梦

如水的夜色，静静地洒下一片碎银般的月光，斜斜地投向我的窗口，照着我孤独的心房，特殊的日子里，有深深的思念打疼我的心。今夜，我在等您入梦来。

冰冻的河水已经复活起来，清澈的水面上有几只白鸭嬉戏，橘黄色的鸭蹼拨动着翡翠般的水，不时将嘴伸向芦苇丛里寻找游动的小鱼。花谢花又开，春去春又来，娘，您为何不能和冰河一起醒来。

那天清晨，当我用小勺滴水在您干渴的唇边，好多天您都是这样滴水解渴，您的喉咙已经阻止您尽情地喝水。您突然嫌我给您的水太少，让我一勺一勺地给您，我惊奇地睁大眼睛，说，娘，您的病好了！真的好起来了，您能活过来了！您也高兴地说，嗯，这回死不了了。我以为是真的，我也相信会有奇迹。虽然我明明知道，癌细胞已经蔓延到您的喉咙处，稍一用力就会把您夺走。但我宁愿相信有奇迹，让娘活过来。可是我不知道，这是您就要离开我们的前兆，我真的不知道。娘，那天晚上，您让我幸福的幻想一下子又跌进了深渊，继而又陷入无尽的痛苦中。面对死亡，我的呼唤太轻，太轻，挽不住您的一丝气息。您还是离我而去。从此，再也不见娘的影子。

这个季节，麦子已经返青了，正迎着春风拔节，翠绿的叶子，您可看到？往年这个时候，您和爹已经给麦子施肥上水了，用勤劳的双手守望一年的收成。还记得咱家麦地北头种着一棵山楂树，一到秋天，满树的红惹人喜爱。您把糖熬了，把山楂裹了一层糖，再用竹签子串起来，让我吃，甜里微微有一点酸。您就那样疼爱地看着我吃，亲切的笑容让我至今不能忘怀。娘，您可知道，您的目光有多温暖，您点点滴滴的爱，在我的心里积淀，在以后的岁月里给了我无穷的力量，给了我抵御寒冷的武器。至今，做梦都想让您再多看我一眼。

每到夏季，小河边那笑声朗朗、影影绰绰的洗衣女，总会牵疼我的目光。从前，这里有您的影子，有您的笑声，您一边用棒槌敲打衣服，一边哼唱那首好听的歌谣：

在那遥远的地方有位好姑娘
人们走过了她的帐篷都要回头留恋地张望
她那粉红的笑脸好像红太阳
她那美丽动人的眼睛好像晚上明媚的月亮
我愿抛弃了财产跟她去放羊
每天看着她动人的眼睛和那美丽金边的衣裳
我愿做一只小羊坐在她身旁
我愿她拿着细细的皮鞭不断轻轻打在我身上

娘，您知道吗，您洗衣服时的样子有多美。您的歌声那么柔、那么甜，像一缕春风，吹进我的心里，您是女儿心中最美的女神。您给我洗的那件白色连衣裙，干净得像天上飘动的白云，透着淡淡的香。每次穿上它，我都喜欢转圈，在您慈爱的目光中像一朵白色的莲花绽放。如今，您去了哪里？舍下泪水涟涟的我匆匆逃离河边。

娘，您还记得老屋吗？四间北屋，冬暖夏凉。您在的时候，无论我身在何处，心总要急切地飞奔老屋。如今，已经荒草丛生，不忍踏入。那是我难以触摸的记忆，物是人非的凄凉让我不忍再走近它。记得在老屋时，我曾和娘睡在一个被窝里，夜夜被娘温暖着，小小的我也用柔嫩的肌肤温暖着娘。那段没有长大的日子是我一生中最幸福的时光。而那时夜里却偏偏做噩梦，梦见娘被埋在一个大土堆里，我在土堆外撕心裂肺地声声唤着娘，不要扔下我不管。半夜惊醒，却发现自己依然睡在娘的怀里，我用小手轻轻放在娘的鼻子上，娘均匀地呼吸着，而爹睡在另一侧正鼾声起伏。一边是爹，一边是娘，我又安然入睡。而现在，我已经无法找到娘温暖的怀抱和熟悉的气息，也没有了爹的陪伴。在这静静的夜晚，只剩下凄凄的心绪，让我泪流满面。

今夜，无法入睡，我在等娘。娘，您来看看女儿吧，这些年，女儿有多想您。天上的繁星闪闪烁烁，哪一颗是您？有多少个夜晚，女儿望着天上的明月，将思念遥寄给您，您可知道？虽然我已为人母，您的外孙需要我的疼爱，可是，我还是需要娘的疼爱。如果有来生，娘，您不要这么早离开我，好吗？

酒中的美

酒，这个字眼跟我有缘。父母亲都饮酒，也许我在母亲肚子里时就闻到了酒精的味道，再后来我就在淡淡的酒香中一天天长大了。作为女人的我，对酒没有一点反感，反而喜欢这种味道。我出生在黑龙江，那里的冬天能够达到零下三十度，大人们无论男人还是女人，都喜欢通过饮酒来舒筋活血，抵御寒冷，所以来自山东的母亲也入乡随俗了。

酒的种类也是多种多样，大类可分葡萄酒、白酒和果酒等，每一种酒还可细分，比如白酒按香型又分：清香型、浓香型、酱香型、馥郁香型和兼香型等等。饮酒方式更是多样化，或一人独饮，或二人对饮，或一众好友啸聚豪饮。关于酒的诗篇和典故比比皆是，李白斗酒诗百篇、煮酒论英雄、把酒话桑麻、关公温酒斩华雄、贵妃醉酒等。我是闻着酒香、读着酒的故事长大的。尽管如此，我仍然没有被熏陶成一个大酒量的人，也只有二两酒的量，三两的时候就分不清东，辨不明北了。书上说，小酌怡情。不胜酒量的我喜欢那种微醉的感觉，只是不容易把握这个度。恰到好处的境界是酒饮微醉，似醉非醉，似醒非醒，如同花半开，似开未开，是绝美的境界。贵妃醉酒对我来讲是一团谜，不知道这酒是喝到什么程度才有了这样的美，无法体验这是一种怎样的境界，而这其中酒精又起了怎样的作用，更是不得而知，给人一个很大的空间，来想象女人醉酒后的美好。就如端庄美丽的蒙娜丽莎，她脸上那神秘的微笑让人难以捉摸，正因为人们无法确定那是一种什么样的微笑，种种猜测由此产生，它的诱人之处，全在于那微笑的神秘莫测和令人倾倒。

正因为心里有了这种疑惑，所以过了三十岁以后，我开始出入酒的场合。其实我并不是很开朗的那种女人，矜持、腼腆一直禁锢着我，不过在一个环境待久了，不免有些厌倦，心里有种走出去的欲望，所以渴望和朋友相聚，畅所欲言，以解愁绪。最喜欢和朋友对饮。每次喝酒，朋友都能带来不同品种的酒，口感自然各不相同。喝过红葡萄酒，有点酸酸的感觉，微苦。这种酒很能迷惑人，至少是能够迷惑如我一样不很懂酒的女人。口感赶不上白酒辛辣，度数亦没有白酒高，往往因表象酒力绵软而迷惑我，无形中就多饮了几杯。不料当酒的威力发挥出来时，我是难以招架的，腿脚不听我的派遣，像踩在棉花上，大脑也开始向睡眠状态倾斜，还伴着某种飘飘欲仙的感觉，抑或一点点的冲动色彩，面如桃花的美，让女人更像女人。这时朋友总是笑我，连讽刺带起哄，嫌我酒量太小，不能一起畅饮。我只好求饶，发誓来生一定托生成男人，还得是个大酒包，一定陪他不醉不休。

酒不仅可以讨得老年人的欢喜，舒筋活血，也能得到年轻人的青睐：酒逢知己千杯少。酒，对于我，也同样有它不凡的作用，一边小口啜饮，一边将委屈烦恼一一倾倒出来，酒进了肚，烦恼抛了出去。

这一年冬天，和朋友小聚，朋友发了点儿小财要请客。地点是名叫“土家院”的饭店，每个房间里都有一个土炕，灶膛里烧着木头。炕上放着一个小方桌，铺着编好的白色蒲团。我们四人盘腿围坐在小桌前，热气从身子底下逐渐上升，浑身顿觉暖和。我们开始饮酒。这时窗外飘起了雪花，大片的雪花能够清楚地看到六个角，晶莹剔透，像顽皮的孩童，三三两两打打闹闹地从天空落下来。这是今年冬天里的第一场雪，被我们四个一起欣赏到了，感觉天公真是作美，暖暖的炕，热热的酒，一边闲聊着，慢饮着，一边悠闲地欣赏着窗外的飘雪，融洽的氛围，这是何等的惬意，真是千载难逢的天时地利人和呀！平日里积攒下来的不悦统统一扫而光，朋友高呼，这酒饮得痛快，喝得酣畅啊！

我一直不甚了解酒场合的一些规则，如朋友说的，坐在副主陪的位置要多饮酒、多劝酒。我常常对这个位置恐惧，远远地躲着，经常是眯在一个不引人注意的角落，准备蒙混过关。但身处酒场合里的女人，往往是备受关注的，尤其是颜值较高的女人就更难逃此一劫了，就有人对你杯子里的酒感兴趣，就有人监督你的杯子是否空了，甚至检测酒的纯度和真假，是否是以白开水来滥竽充数。腼腆的我常常想偷梁换柱，一紧张反倒被逮个正着。

我一直认为“李白斗酒诗百篇”这一酒助诗兴现象在文人中有其普遍性。记得有一次和文友去古贝春酒厂采风，酒也品了，陈年古酿也进肚了，回来大脑一片空白，眼看最后期限将至，写酒的诗歌却不见影子，觉得对不住酒厂的热情款待。适时正赶上朋友约吃饭，不觉对着酒发呆，因而多饮几杯，回来倒在床上，迷迷糊糊，忽然灵感造访，酒兴与诗兴携手而至：我用绵厚的诗意/在五谷的指尖缠绕/丝丝缕缕的情愫/穿越运河千年文脉/来寻你的体香……于是我有了亲身体会：写酒的文章不喝酒是写不出来的。

至今，仍然隔上一段时间会和朋友小聚，喝点酒，无论开心还是不开心，总会把心情交给酒，让快乐和忧愁都慢慢融入酒中，在酒中上下翻卷，然后溶化，心情随之释然。

跨过门槛又是新人

这一年已近尾声，而我还在坚守，岁月于我而言，浓淡相宜，而我自己却在岁月里一边前行一边撤退，心情时好时坏。好日子亦可随时光顾，冲淡生活过多的盐分，让心情趋于寡淡。

冰山、雪海、深渊，都可以翻越，可以越雷池，可以踩天梯。每个人都在顺着自己的意愿完成自己的梦游，我们在自己的心灵里各自为王，我不夺你书里的颜如玉，你也不需塑一座黄金屋给我。这些年我忘记了开花，只想保持最初的安静或者寂寞，与书为伴，与时光共处。

这一年，岁月静好，时光多情，而我是有愧的。面对青草我是羞愧的，青草年年在春天把自己绿起来，我只有抱着岁月日渐苍老。我愧对这一年的光景，在平庸中写下懒散的文字，在安逸中被小私心胡乱地打发掉。我愧对室内的暖，愧对大把的时间，在台前幕后悄然隐退，默默无闻。这一年，那些寂寞是有毒的，花前月下的信息扑朔迷离，是同时加了蜜糖和砒霜的，我被糖衣炮弹包裹，却执迷不悟；被砒霜蒙蔽，中了毒却浑然不知。这一年春回得早，取暖的步子却偏离了太阳。这一年，我还有太多的不忍成为我逃避的理由，放任自流。

这些年，用坏了一些风景，用错了几个词，用旧了一个名字，把本该淘汰的信息却储存在左脑里。我还在行走，拖着日渐枯萎的思想，有很多陈旧的判断，成为累赘压在右脑里，无法卸载，亦不能一键删除。如果能像迎接新年一样，除旧迎新，我宁愿换下所有的旧装置，全部清零，重新组装之后启程。

这些年我走得太远，远得有些陌生，像一个突兀的词，有些晦涩，且不合群。一些亲人被走丢了，一些朋友被搁浅了，而一些敌人却与我有了连带关系，且与我不离不弃，隔三岔五像针头一样扎我一下，提醒我还活着。被他们所惊扰，我不得不疲于应付，惨淡经营，很多时候，我抱着仅剩的时光打盹，心不在焉。

我不说桃花流水，不说今非昔比，整个下午我都在一段陈旧的文字里打磨受损的心情，让午后的阳光将小刺和棱角抛光，使我有更加温和的语句来应对陈年旧事。流年往事在烟花中清醒着，被翻旧的日子此时忽明忽暗，我还能迈动小碎步，躲在旧时光里疗伤、喘息，看数字由一变成二。

今夜温黄酒，怀揣红泥小火炉，把握好微醉的火候，方可迈步，跨过新年的门槛，我就是新人。从一穷二白到一干二净，清零之后，我，是新人。

美就在那里等我

素来喜欢追求完美。也许性格使然，即使是住在低矮的平房，也会因陋就简，在好看的塑料瓶里插上花束，摆在茶几上。清苦的日子里，一束花就能给我平淡的生活带来某些鲜亮和嫩绿，并由此平添些许心灵的安慰。

搬至宽敞明亮的楼房之后，这种嗜好更甚。似乎骨子里早就有对美的喜欢、对雅致气息的识别潜能，这时候都被开发出来，彩灯、十字绣、水晶帘，这些美不胜收的宝贝，都被我一一认领回家，还有网购的树脂“三不人”，一个捂嘴，一个遮眼，一个堵耳，分别寓意“不说、不看、不听”。那憨态可掬的样子让我甚是喜欢，常常启迪我不该说的话不说，不该看的不看，不该听的不听，沉默是金，慎赞徽音。影视墙的木格子里，四个“琴棋书画”树脂玩偶，更是出神入化，皆是坐姿，弹琴的全神贯注，微微仰头，做陶醉状；下棋的眼睛斜睨，做挠头状；看书的戴副眼镜，托腮，做思考状；画画的手持毛笔，挥毫泼墨，做潇洒状，真是妙趣横生。

凡是来我的小窝做过客的亲朋，无不赞叹“小屋有大雅”。

不仅如此，所有被我“相中”的，统统都会被我拿下。比如电脑的桌面壁纸，是我精心挑选的，背景是苹果绿，偏右侧有一辆小巧的自行车，停在绿色的草地上，车上放着两个竹篮，里面满满的红玫瑰花，煞是惹眼。这样淡雅的背景配上火红的花朵，就有了画龙点睛的效果。整个画面整洁干净有序，养眼，静心。桌面上的图标亦整理得少而精，力求简约之美。

而屏保则是海底世界，画面清晰，立体感强，配有轻音乐，间或有水流的声音。各类鱼儿自由自在地游弋，漂亮的贝壳，美丽的珊瑚树，海底世界这么干净而明媚，令人不忍心去动鼠标，不忍心打扰了这海底世界的美，一动，这美就消失得无影无踪，但恰恰这稍纵即逝的美，被我如此着魔地随时捕捉且乐此不疲。

不知从何时起，喜欢上了橄榄的味道，平时所用的洗护化妆品多与橄榄有关，或颜色是橄榄绿，或形如橄榄状，或添加橄榄成分，都为我所爱。最喜欢的是一款从淘宝网抢购来的精油皂，因含有橄榄成分，淡淡的橄榄香轻轻飘散，令人陶醉。粉粉的皂身，让人浮想联翩，是一朵淡粉的桃花也可，或是婴儿粉嘟嘟的小脸也可，总之，用怎样的华丽辞藻形容它都不过分，只因喜欢，喜欢即是疼爱，像呵护宝贝一样。最有创意的还是皂身有一根白绳，深深地嵌入皂体内，宛如天成，不可分开。用过之后便可挂起来，晾干，然后再收藏起来。

平时喜欢听着音乐看书、写字，似乎这样才能投入，才不会被外界的喧嚣所干扰。轻柔的音乐像山间小溪，缓缓流淌开来，将我与纷繁的尘世隔离，平心静气地走入文字世界。这个一直伴我写作的小小播放器是什么样子呢？——大小如鼠标，椭圆的形状，粉色的边，白色的身，小巧玲珑的样子，让我爱不释手。外出旅游，也会随身而带，大自然的景色在美妙的音乐衬托下，更具美感，心境惬意、恬静，与平日迥然不同。

也许天生就有对美的认知能力，一般通俗的东西是入不了我的法眼的，就像在服装店里买衣服，我能一眼就认出属于我的衣服，随即买下。只因了解自己，知道什么是最适合自己的。在我看来，每个人都独具慧眼，找准了适合自己的才是最好的。

作家张爱玲说：于千万人之中，遇见你要遇见的人。于千万年之中，时间无涯的荒野里，没有早一步，也没有迟一步，遇上了也只能轻轻地说一句："哦，你也在这里吗？"

我想，美也一样，就在那里等着我。在一个特定的时间里，彼此认出了对方。然后，只待我一声轻唤，就跟我回家。

女人的饰物

看了女作家乔叶写的《女人的美丽经》，不觉欣然而笑，同为女人的我，又何尝不是一个喜欢“臭美”的女人，从小到大，又何尝不是为了美而折腾的女人？“爱美之心人皆有之”，女人虽然不能说百分之百都爱美，至少是大多数爱美，我就属于大多数里的之一，难逃“美”的诱惑，情不自禁地就范了。

小时候，五六岁的光景就知道美了。那时，草甸上长着一种叫作“刺毛果”的植物，成熟的果实有玉米粒一般大小，圆圆的，红红的，一个个像小红灯笼，扒开皮，将里面的籽去掉，皮是可以吃的，甜甜的。在享受了美味之后，便将采摘下来的刺毛果带回家，央求母亲用针线串起来，系在手腕上做手链，那喜欢的神情自然是溢于言表，这就是我最初戴在身上的饰物。

草甸上还有一种植物，称作“草珠子”，细长的叶子，每片叶子上面，在靠近根茎处都结出一个圆圆的小果实，银灰色的，坚硬的外壳，珍珠大小，一粒粒很像算盘珠，被叶子托着，一下子让人联想到“掌上明珠”的字眼。大人会把草珠子一一串起来，做门帘。爱美的我，会央求母亲别出花样，串成环状，挂在我的脖颈处，这就是我最初的项链。

头上的饰物是从上幼儿园开始戴的，在这之前，我的头发一直被母亲剪成“假小子”头，没有机会从头上展示女孩的一面。最初扎头的是大众化的红头绳，就是织毛衣用的红毛线。一提起红头绳就会不自觉地想起歌剧《白毛女》中杨白劳的唱词：“扯上二尺红头绳，给我女儿扎起来。”似乎有点悲壮，抑或一丝凄凉的感觉。但于我是不存在的，孩子的天性使然，我们总能找到快乐的源泉。

稍大一些，开始向母亲要供销社里卖的丝绸带子，五颜六色的绸带经母亲巧手编制，变成了“蝴蝶结”，很是漂亮，心里自然是美滋滋的。还会偷偷摘下窗前的耳钳花，学着姐姐们，一边一个戴在耳朵上，只要耳朵足够大，有时一边甚至戴四五个。这种纯天然不花一分钱的“耳环”，满足了我的爱美之心。

真正知道美是在青春期发育时，十四五岁，一边手忙脚乱地接待一月一次的“客人”，一边开始对镜贴花黄，将头发解开，梳得顺滑后，细心地编成麻花辫，辫梢再系上各种颜色的弹力皮筋。把从商店精心挑选的小夹子，别在发髻的一侧，脸颊便有了红晕飞过。这时的刺毛果手链、耳钳子以及算盘珠项链之类的天然饰物已经不再受我的青睐，不过不用为它们担心，又会有一批五六岁的小女孩开始视为宝贝。

结婚的时候，便有了更加奢侈的饰物：纯金耳环、戒指和项链。我一直不喜欢黄金的颜色，似乎给人一种奢华张扬的感觉。我选择的都是白金，这种颜色给我柔和的感觉，不事张扬，却不落俗套。只是佩戴的时间并不多，有阵子社会治安形势不太好，街上经常出现抢首饰的一幕，成了“明抢”，女人的金耳环、金项链被歹徒盯上了，耳朵被无辜地拽豁，血流不止。女人被形势所逼，只好小心翼翼收起这些心爱的饰物，珍藏在首饰盒里，不敢戴，只是偶尔还会拿出来欣赏一下，触摸一下那光滑的表面，回忆一下曾经佩戴时的那份美好，似乎也会陶醉。

随着年龄和阅历的增长，我对美的追求有了改变，开始追求简单的美。那次去日照海滩游玩，一眼相中了一个白色手链，一块块小巧玲珑的白色大理石串在一起，光滑细腻的表层，手感非常好，遂买下戴在手腕处，心生欢喜。没有了金银首饰，就少了些许担忧，只这一串白色手链，让我轻松无比。

不惑之年的我，经常是没有任何饰物，并不是我不爱美了，而是沉浸在书中的美了。读书的乐趣让我每天都神采奕奕，古话常说“书中自有颜如玉，书中自有黄金屋”，对于正处在“上有老、下有小”年龄段的我来说，需要精打细算过日子，既然书中藏着这两件不用花钱的宝贝，何乐而不为呢？至少，可以用书香熏染我的气质，让自己由内而外地散发读书女人的独特魅力，即使在年老时，顶着一头银发，依然可以老得慈祥，老得优雅。

女人是美丽的精灵

女人的美有很多种：蒙娜丽莎，是令人难以觉察、似有似无又无处不在的神秘美；维纳斯女神，是身材健硕、肌肤丰腴的体态美；海伦·凯勒，则是一个生活在黑暗中却又给人类带来光明，把慈爱的双手伸向全世界的人间大美。

世界有十分美丽，但如果没有女人，将缺少七分。女人千姿百态的美，将世界点缀得五彩缤纷。张潮先生在《幽梦影》中就有对美人的解读：以花为貌，以鸟为声，以月为神，以柳为态，以玉为骨，以冰雪为肤，以秋水为姿，以诗词为心。这种既美到骨子里又美在神态上近乎完美的女人，似乎只存在于欣赏人的眼中，但女人对美的追求和渴望，始终没有停歇，方式则因人而异，各有千秋。

读书女人之美。她们是一群敏感的精灵、文字的天才，如饥似渴地从书中吸收各种养分，滋养着身心，陶冶着情操。多愁善感的她们能够把忧愁融入文字，把快乐过滤给生活。或颦眉沉思，或会心一笑，或许她们并不是天生丽质，却因书的熏染而变得聪慧、优雅、气质不凡。她们那洞察一切而又包容一切的眼神，那端庄沉稳的姿态，滋生出一种由内而外摄人魂魄的美。这种美与年龄和阅历有关，广泛的阅读和多年的历练，让女人越发成熟、厚重，有着洗尽铅华后的睿智、从容、淡定。

种花女人之美。源于对生活的热爱，用心去感受生活和爱。朴素、简约。即使素面朝天，也让你觉得美。剪枝，浇水，施肥，细致入微。种花女人的花园四季飘香：温和美丽的海棠，纯洁神圣的百合，清静高洁的菊花，傲霜斗雪的蜡梅……种花女人的眼里四季美丽：春有百花秋有月，夏有凉风冬有雪。无论处境如何，种花女人都会让你看到最美的风景：清风明月下，种着薰衣草，长着智慧树，开着自在花，结的是开心果，有着恬淡、幽静、不与外界纷争的平和，亦有“宠辱不惊闲看庭前花开花落，去留无意漫观天外云展云舒”的豁达。

品茶女人之美。挑选自己喜欢的茶，小心放入精致的茶具中，以开水慢慢冲沏。杯中淡烟轻起，若有若无，茶香四溢，茶汤或嫩绿或黄绿，晶莹剔透，小口啜饮，顿觉口齿留香，在清香馥郁的茶香中品味人生。女人望着杯中茶叶若有所思，它们或徘徊或沉浮，感受一份闲情逸致和浪漫，女人的高贵、优雅尽显其中。品茶女人能从微微苦涩中品出淡淡清香，让枯燥的生活添加一丝一缕浪漫的气息，无论是绿茶、红茶，还是花茶，均能精心调配得独具一格。

素衣女人之美。或许因为生活的艰辛、经济的拮据，她们没有精力去读书，没有条件去喝茶，没有心情去种花。或许她们没有沉鱼落雁之容，没有闭月羞花之貌，相貌平平，一身素衣却洁净得体，更重要的是拥有一颗善良的心，即使贫困潦倒，一无所有，依然能够去爱别人，帮助别人。她们在物质上虽然是贫穷的，但她们在精神上却是富有的，她们用爱心勾画了世界上一道别样的风景，依然是美丽的女人，她们的美在于心灵。

读书女人的美是内涵之美，种花女人的美是沉静之美，品茶女人的美是浪漫之美，素衣女人的美是心灵之美。女人的美，千娇百媚，或明眸善睐，或嫣然一笑，或爱心如花。世界因女人的美而丰富多彩。

女人是美丽的使者，由活泼可爱到楚楚动人，再由青春洋溢到华贵庄重。美是一种体验也是一种修炼，由内向外，从骨子里透露出的美才是真正的美，这种美是修炼而来的，是文化、涵养等后天因素在天生丽质中的流露。

女人，是美丽的精灵，既创造着美，又延伸着美。

女人与书

有人说，女人有十分美丽，如果远离书籍，将失掉七分内蕴。说得非常好，读书对女人来讲确实可以改变一个人的气质，使人的思想得到升华。

记得很多年前，我一直觉得自己是个丑小鸭，没有人注意过我。姐姐天生丽质长得比我好看，和姐姐站在一起时，她会得到无数的夸赞，而我却没有，这使我伤心不已，而且很自卑。

于是我更加沉默，一个人躲在屋里难过落泪，开始不停地写诗，每首诗的字里行间无不透露着忧伤与哀怨，仿佛是《安徒生童话》里的那只孤独、寂寞的丑小鸭。我只有和书做伴，当我沉浸在书籍里时我会忘了一切，只觉得很快乐。当我读到《女人的资本》这本书时很受启发。书上说：“美貌的外表只是一个涂上了好看颜色的瓶子，它固然可以让人们对你产生惊鸿一瞥之感，但关键的还是看你里面装了什么芳香宜人的美酒。而气质则是一个人由内而外、魅力与涵养的自然流露。”渐渐地我懂了，容貌是父母给的，尽管我没有能力改变它，但我可以绽放笑容，因为“女人不是因为美丽而可爱，而是因为可爱而美丽”。于是我试着去和周围的人接触，把听到和看到的故事、有趣的笑话讲给他们听，用学到的知识去帮助他们。通过读书我最大的变化就是：以前和别人在一起时无话可说，很尴尬，现在则是滔滔不绝，从书上学到的东西不知不觉就用上了，真有点“信口拈来”的感觉。

忽然有一天，那是我给儿子断完奶回来上班以后，再见到我时，就有不少人夸我漂亮、气质好。我心里暗暗高兴。我想这一定跟我读书有关，尽管我也稍微打扮一下自己，但最主要的还是书让我变得成熟、自信。老话说得好，“书中自有颜如玉”。不错，通过读书我有了自信，同时也培养了我的内在气质，这不是随便用几瓶化妆水、几件漂亮衣裳就可以装扮出来的。

钱锺书说过“女人年轻好比茶是热的，都差不了多少”。那么，当有一天青春不再，容颜老去就大不一样了。多年读书的人就会形成一种由内而外的气质，就会很自信，女人因为自信而美丽，所以同样是走在大街上，别人就会觉得这样的女人很漂亮；而不读书的女人，即使穿得珠光宝气，也掩盖不了苍老的面孔和空虚的内心世界。所以作为女人，你一定要记着多读书，书会给你带来意想不到的收获。

世界因女人的存在而美丽，女人因书籍的滋养而聪慧。“云想衣裳花想容”，我喜欢女人坐在镜前“当窗理云鬓，对镜贴花黄”那一刻的倾心，更喜欢女人坐在夕阳下手捧着一本书，认真投入那一刻的美丽。

女人与水袖

最近读作家简墨的《京昆之美》之《水袖》篇，忽然就唤起了我深藏的某些记忆。

《水袖》这章让我想起戏曲里的女子，那媚眼最是罕见，特别有神，所谓眉目传情这就是了。人的精气神大体都从眼睛折射出来，有的女子明眸善睐，仿佛那里面有一汪水，清澈，干净，一眼见底。作者把水袖比作一条河流来解读，抑或是江河，抑或是湖海，不同的心情和心境，赋予水袖不同的内容，有时如小溪涓涓而流，舒缓而熨帖；有时如江海，波涛汹涌，惊涛拍岸。女子的心绪随着水袖的翻转播撒而出，喜怒哀乐由此而得到了极致的传达。

最早听戏，确切地说是看戏，是在七八岁，还是在黑龙江的时候，那时村里隔三岔五会放映露天电影，大约是村子之间轮番播放。每每这时，大队部就会用眨灯的方式通知大家——重复电源拉闸合闸的动作，于是各家各户的灯就会亮一下，再灭一下，再亮一下，如此反复几次，就知道村里来电影了。当然偶尔也有恶作剧的孩子，登堂入室冒充队长将灯眨了那么几下，自然会有人上当受骗，尤其是大人枉跑了道，自然会骂上两句“哪个王八羔子”解解气。

家家炒了香喷喷的瓜子、黏玉米，小孩子们便急不可耐地装满身上所有的兜，拿了小凳子，急忙去了大队部后面的露天大院，抢占好了地盘，一边吃一边等，把瓜子皮当成武器投来扔去。

来村里放的电影，有时是战斗片，有时是戏曲，有时是《甜蜜的事业》之类的乡村片，多数时候是戏曲。看不懂，但还是看，那纯粹属于看热闹，渐渐大一点时，就能看懂了，就是在那时看了《铡美案》《锁麟囊》《苏三起解》等戏曲，现在只记得那个黑脸的包公了。看了戏回来，缠着母亲教我叠袖，把一块白毛巾搭在胳膊上，学着戏曲里的动作，晃动手腕，将毛巾一段一段地叠起，自然叠不出戏曲里的那个平平整整的模样，“台上十分钟台下十年功”嘛，自是心生喜欢罢了。有时还拿了小手绢，学着用一个指头转，自然是转得满天乱飞。能够学唱下来的戏曲唱词当属《苏三起解》里的那段：“苏三离了洪洞县，将身来在大街前。未曾开言我心好惨，过往的君子听我言。哪一位去往南京转，与我那三郎把信传。言说苏三把命断，来生变犬马我当报还。”那时候并不懂唱词的意思，就是听着谐音唱而已，还能装腔作势般地拿个架势，逗得围观的大人开心无比，自己也因此感到甚是荣耀，还因了这场戏是我和姐姐们去县城的大剧院看的，是偷偷进去的，没买票，所以记忆犹新，就像平白无故捡了个大西瓜一般，暗自窃喜。

总觉得唱戏的女子具有一种特别的气质，却不能用词说出，只能感觉到，却无法说出其中的好，大概这就是“只可意会不可言传”吧，定是如我等平凡女子所不能比拟的。记得看过一部小说，女主角给我的印象特别深，她是唱戏出身，已过不惑之年，依然风韵犹存，身材面容依然姣好，尤其是眼睛，依然有种摄人魂魄的味道。而她的女儿正处于“年轻是一种资本”的年龄，却在很多场合输给了母亲，这不能不让我对唱戏的女子独生一番惊羡。

戏看多了，便对戏曲里的水袖有了迷恋。总想，这水袖怎如此好，被女子演绎得出神入化，甩袖、抛袖、背袖，一连串的动作，那份投入，让人赞叹。

有一次看戏曲频道，是一个年度戏曲大赛，其中一女子参赛曲目是《霍小玉》，第一次听说这个名字，也是第一次见识了什么叫作绝色天香。霍小玉的那一身装扮醒目，清新，脱俗，楚楚动人，有着纯洁如处子的美，最终因李益的忘恩负义而抑郁成疾，病入膏肓。小玉用唱腔声讨那个无情无义的男人，水袖功夫亦是了得，真个把人唱酸了，唱软了，唱疼了。

水袖属于女人，水袖似乎就是她们的灵魂。

情系十字绣

《黄帝内经》上有“春生、夏发、秋收、冬藏”之说，冬天虽然满目萧条，易生伤感忧郁情绪，但冬天却是人体养藏的最好时机，学会积攒内力、修炼心性，才能在春天来临时，游刃有余地勃发生长。

而在这当儿，我选了十字绣来修炼自己的心性，让自己走出抑郁和困惑，让内心澄澈，在绣的过程中，自得其乐，心情释然。

刺绣可以说是中国女红中最突出的一种，而十字绣是刺绣中的一种，利用经纬交织搭十字的方法，对照专用的坐标图案进行刺绣，任何人都可以绣出同样的效果。在我的印象中，最早接触的刺绣是将线穿在针尖处的孔里，在布面上下穿刺而带动线，而现在的十字绣是将线穿在针尾处，用针尖缝制。小时候，我就看见娘绣布门帘，图案是喜鹊登枝，很喜庆的样子。上初中时，我偷偷地从娘的花包裹里寻了一块白布，照着墙上的画，画了一只可爱的小鸟，站在一根有三四片叶子的树枝上，张着嘴唱歌。用花撑子夹好，就可以绣了。绣好后，将四周剪成半圆形，锁了边，制作成一方小手帕，随身携带，爱不释手。

曾亲见一女子认真刺绣的样子。一根绣花针，小巧玲珑，那样子甚是可爱，穿上五颜六色的线，就仿佛变成了神奇的魔术针，贴着画布上下翻转，就会绣出一个小小的世界，就会心花怒放，那积在内心的郁闷就会烟消云散。古代有琴棋书画之美，而眼前的十字绣，悦心静心养神，也可以与其相媲美了。我喜欢女子安静绣花的样子，表情自然，安详，平和，让我一下子想到“岁月静好，静如处子”这美妙的词，用在绣花女子的身上再合适不过了，似乎有一种不事张扬的美，在一点点沉淀下来，小小的天地有曲径通幽的妙处。一双纤纤玉手，穿针引线，翻转腾挪，一针一线，小心谨慎，如呵护自己的宝贝一般，这定是有着一颗平常心、有着细腻心思的女子。这是一种由内而外流淌出来的美，生活在她的眼中，是美的，是阳光的，就像窗前盛开的太阳花，有着生动的气息。

心动不如行动。我索性也买了一幅名为“家”的十字绣。中间是一个行书“家”字，行云流水，生龙活虎，似乎“家”就是一个有生机、有朝气的地方。其右边竖排“人是漂泊的船”，其左边是“家是温暖的岸”，下边是一只小船，停了桨，靠了岸，在一横梯子边停歇，整个画面充满着和谐，给人温馨的感觉。

一个大大的“家”字需要上千针，交叉缝合。这期间来不得半点马虎和懈怠，偶有疏忽，看错格子，就会出错。错一针，若能及时发现，属于侥幸，避免了更大的错误。最怕绣了一大半，才发现错了，家的这一半与那一半无法对接，这样就会把整个画面格局打乱。如同下棋，一棋下错，有可能导致满盘皆输。一步错，步步错。错的结果是，家无法拼合而成，需要忍痛割爱，将自己辛辛苦苦编织起来的“家”，再一针一针地拆下来，甚至会有千头万绪混在一起，成一团解不开的乱麻，最终会在剪子的残忍杀戮下，夭折。

这不免让人联想到凡事必得认真对待，小到一针一线不可大意，大到人生事业不可游戏。未来的路有多长未可知，但必须从脚下开始丈量，每一步都要慎重，以免“一失足成千古恨”。

小船在这幅“家”的十字绣里是最难绣的，用十种线，以棕色为主色调，进行不同程度的演变。正因颜色的深浅搭配不同，就有了立体效果，仿佛一支神奇的画笔，就这样上下翻飞，有流线，有留白，让你无不感叹，设计者的聪明睿智，定是把色彩应用技巧熟稔于心。

在没有成形前，我喜欢把绣布搭在沙发背上，然后站远了欣赏。在一次次欣赏中，那只小船一点点成形，一点点凸显出来，有棱有角，有很强的立体感。一幅“家”的图案终于栩栩如生地展现在面前，看着自己亲手绣成的“杰作”，不免沾沾自喜，这与从商店买回来的成品感觉是不一样的，有一种小小的窃喜、小小的成就感。

更大的收获却是将自己的浮躁赶到九霄云外去了，我收获了一份平静的心绪，用内心的平和来经营我的家，经营我的文字，不管外界如何风云变幻，我有小自在盈心。

宋词里走出的女人

著名作家吴淡如编选的一本书，名字叫“有一种美叫感伤——不可不读的 50 首唐宋词”。当我反复背诵其中的诗句时，发觉我与宋词有着息息相通的默契，用其中的一句词来形容：金风玉露一相逢，便胜却人间无数。这是知己间的心有灵犀，是懂得。曾读过很多书，记住的不多，而真正能让我过目不忘，又能在心里激起千层浪的当属宋词了。与宋词相遇，当是多么金贵，可胜却人间无数，喜欢宋词的美，即使忧伤，也依然是那么美，美到骨子里，美到让人心疼。

当初读到山东作家简墨的《宋词之美》时，便大为惊艳，视为奇才，更是被宋词的美折服。简墨用古典温婉的语言解析宋词，更胜一筹，绝妙，唯美，令人心生爱意。从中，我对宋词里的女人更是有了深刻的了解，仿佛她们迈着袅娜的步子，缓缓向我走来，那婉约的气质，那幽怨的神情，那充满灵气的词，都像在久远的记忆里一步一步走过来。女人的美与宋词的美相辅相成，合二为一，成为完美的结合，你自然会被这种美感化。

不说晓风残月，不说独倚西窗，只一句“乍暖还寒时节，最难将息。三杯两盏淡酒，怎敌他，晚来风急。雁过也，正伤心，却是旧时相识”，就把女人的无限感伤、无限惆怅淋漓尽致地表述出来，像一张照片，那么清晰、真切地摆在了你的眼前。

当你一点点走进宋词时，你会被宋词独有的气韵所感染，简约、精致的词，仿佛是一颗颗珍珠，熠熠发光。而宋词里的女人则是一枚夜明珠，在暗夜里，光芒四射，魅力十足。心思仿佛是一片叶子，一会儿停在树枝上，一会儿又漫天飞舞，一会儿又被遗落到水面上，独自飘零。或喜或忧，个中滋味，也只有她们自己心知肚明。

古时候都是父母之命媒妁之言的婚约。李清照是幸运的也是幸福的，夫唱妇随，相亲相爱，相敬如宾，这样的婚姻可遇而不可求。不同的心境、不同的际遇，就产生了不同的词，易安的词，爱意浓，明亮，婉约，细腻。而朱淑真就没有那么幸运，她的婚姻是不幸的，她的词则多了怨、恼、恨，词的意义就多了一份凄凉、忧伤。

宋词里走出的女人，由于命运不同，写下的词意境自然不同，但在我们看来，仍然各有千秋，就像一朵梨花，阳光下是美的，而雨中“梨花一枝春带雨”也是一种美，并不逊色前一种美。

常常把宋词里的女人与戏曲（尤其是昆曲）里的女人联系在一起，仿佛一个在台上，一个在台下。台上的她一字一句地唱出的词都是和宋词一样的美，尤其是《牡丹亭》里的杜丽娘，她的眉一蹙，似有万般心思流淌下来，她那含羞的笑，那传情的眼神，那水袖，都像在演绎宋词的美。那句“原来姹紫嫣红开遍，似这般都付与断井颓垣。良辰美景奈何天，赏心乐事谁家院？朝飞暮卷，云霞翠轩……”不是与宋词里的句子如出一辙吗？戏词都是浓缩的精华，惜字如金，绝无直白拖沓的句子让人绕来绕去。

喜欢宋词，也喜欢戏曲。戏曲里的杜十娘，被李甲卖给孙富，心凉如水的她，选择了投江，才省去了她的苦，这苦也就有了边，靠了岸，尘缘也就尽了。那种决绝的美，是我等女人所比不了的，哀莫大于心死，一个女人，到了这个地步，让人欲哭无泪，欲罢不能，只剩下为她心疼的份儿了。这与宋朝女词人朱淑真何等相似，都属于婚姻不幸之人。在对的时间里没有遇到对的人，最后悒悒而终，直令人慨叹：如之奈何？

喜欢宋词的简约，像一个女人内敛的心思，不事张扬的美，让读它的人也濡染了这种美的气息。喜欢宋词里走出的女人，她们都是冰雪聪明的女人，都是满身灵气的女人，仿佛就是为宋词所生，她们与宋词不离不弃……

属于女人的好

女人的好有许多。读书写字，琴棋书画，修身养性，洁身自好等，还有一种女人的好，就是懂得疼自己且会对自己好。这样的女人当然不会缺少生活情趣，她们懂得营造温馨的氛围，知道享受美好的生活：闲暇时，总不忘精心地为自己或家人煲一锅鲜美的汤；累了，斟上一杯红酒细细品味；在身体不适时，能够认真地去呵护，爱家人亦爱自己。晓色云开，春随人意，在顺其自然中把小日子雕琢得风风火火，风生水起，春意盎然。

曾在电视上一睹饮红酒的女子，不说姣好的面容，单说一双纤纤玉手，用拇指、食指和中指轻轻捏了高脚杯的下柄，再慢慢送到唇边，小口啜饮。舒缓的音乐，柔和的灯光，与女子安静的表情交织在一起，浪漫而温馨，这女子如此优雅、从容、淡定、惬意，令我这局外人亦倍感温暖和舒适。其时，任外界纷繁喧嚣，任窗外灯红酒绿，唯此女子与之隔绝，自斟自饮，自娱自乐，妙解心事。小小的空间里，充盈着自己的好，有着自身的暖。

去超市时，喜欢在红酒专柜逗留。那是超市的一个拐角，上下共六层，摆满了各种品牌的干红、白兰地，瓶子的大小不一，形状各异，单从外表看，就给人一种高贵的感觉。外国人饮红酒的居多，中国人饮白酒的多，所以这个角落光顾的人寥寥数几。在我看来，红酒应该是属于女人的，尤其是高雅女人。远的不说，我喜欢的山东女作家简墨对红酒就情有独钟，这个才女加上红酒，彼此衬托，秘而不宣，是多么的和谐、静美。青岛女作家高伟，在我的想象中定是会品红酒的女人，写字累了，斟一杯红酒，细细品味中多少灵感就借此水涨船高溢出来，而女人的好亦是在诗书里剥茧抽丝般，一点点膨胀，弥漫开来，濡染了墨香，温柔万千。我是最近才迷上红酒的，一旦开饮，才发觉红酒是适合自己的。女人与红酒有着千丝万缕、扯不断理还乱的牵系，尤其是成熟女性，稳重，大方，高贵，典雅，与红酒出奇的相似，高雅、含蓄的美，不事张扬的好。

记得那日，阳光很慷慨地洒进阳台，落在太阳花上，也温柔地抚摸了一下顶开土壤冒出来的小绿苗，橘红色的旱莲亦向着太阳的方向美好地打开自己，无端地令人怦然心动。我被这些温暖的意象所感染，心境大好，想起了几日前同事教我泡黑豆的配方，于是按要求将山西陈醋、黑豆准备得当。醋一定要山西老陈醋，最好是两年以上的陈醋。黑豆一定挑粒大饱满的，且是抠开一点黑色外皮能露出绿色豆身的那种（据说这是鉴别好黑豆的方法）。另备一个大瓶子，最好是那种五斤装高粱酒的透明玻璃瓶，密封要好。把醋和黑豆按一斤醋、八两黑豆的比例，密封在瓶内，两个月之后食用，可治疗风湿、类风湿等病，经单位几个人的实践证明管用，省了吃药之苦，且纯天然，环保，无任何副作用。

做这件事时，心里喜不自禁，手上一丝不苟，每个细节都恰到好处。当封好的瓶子被小心地放在墙边，我才长长地舒口气，仿佛完成了一项很大的杰作。

想象着两个月之后，每粒黑豆都膨胀饱满，每天按时拈出十多粒进食，在我的血脉里与寒气搏斗，最终将所有的寒冷潮湿驱逐出境，让我再无风湿之苦，那该是多么淋漓酣畅啊……

平日里，我有头疼的毛病，经常发作在每月特殊时期。一个月里大概被头疼要折磨十多天。对于一个爱写作的人来说，大脑清醒、思维敏捷简直是太幸福了。

有时候想等结束这特殊时期就好了，盼着早日解脱困扰。可是一个女人一旦结束了特殊日子，也就意味着衰老，又不那么心甘情愿地快速变老，于是，就自相矛盾着。

偶尔在网上看到女性阴阳调理汤，提到女人身体出现不适多半是阴阳失去平衡，通过中药煲汤来调理，会收到意想不到的奇效，甚至其他不明原因的病症也会跟着好起来。如此神方，岂能错过，于是急急按方抓药，配齐了羊肉、猪脊骨、桂圆等等一应药引，一周三次，文火细熬，终于熬出了第一锅鲜美的药膳汤。当第一服药膳汤被熬出来时，我试着喝了一口，果然没有单纯草药那种苦涩的味道，因为有羊肉在内，有了鲜美的味道，再细品一次，更觉味美上佳，味蕾乍开，禁不住大口开喝。喝净后，尚回味无穷，感觉全身热流奔涌，血脉畅通，周身舒泰，无数次想象着药到病除，从此就要身体变好，模样舒坦，那将是何等阳光灿烂、风调雨顺的美好幸福时刻呀！

时常想，身体的苦痛伤害的是我们的肉身，心境的营造却要靠我们自己，我们要为自己燃起一盏心灯，为自己照亮，心态、心境好了，才会为自己树起一面敢于击倒苦难的大旗。爱自己，呵护好自己，才有更强大的能力更好地去爱护亲人。

于是，每到周日，和面，调馅，蒸包子或包饺子，抑或烙肉饼，虽薄汗轻衣透，却乐在其中，盛上两碗热气腾腾的西红柿鸡蛋汤，看着老公和儿子津津有味地品尝我的杰作，幸福感就不自觉地跑了出来。即使生活有一点点不如意又何妨？有爱相伴，有家人的笑容在，岁月就会总是静好。此生不奢求山珍海味，即使这样的粗菜淡饭，只要家人和睦，笑口常开，心态雅静，也是最美的享受。

既有俗世女人的好，亦向往优雅女人的好。无数次想象着自己的形象：每天既可以喝地瓜粥，也可以煲汤，还可以在柔和的灯光下喝杯红酒，既有烟火女人的幸福，也不缺乏来自精神境界的温馨。这样混合搭配的生活情趣，该是怎生的好呢？

幸福是开在心中的花

记得有位诗人写道：“无数的花朵，都在枝头离开/消失，跟着一个季节消失/花朵，你唯独躲在纸上/才穿过前世和今世，随着一行押韵的节奏，悄悄地隐藏下来/等某一缕清风，找到你/就再也不离开这个明媚的春天。”世间绽放的花朵，无论有怎样的千娇百媚，都经不住岁月的风霜，都会凋零。而唯独躲在纸上的花朵，才有了永恒，等某一缕清风找到它，当你重新又翻到这一页，它又会绽放它的美丽。正所谓花无百日红，只有开在心中的幸福之花，才永不凋谢，常吐芬芳。

每天清晨，关掉电源，用脚蹬着电动车去上班，这没了助力的电动车，好似一头老牛，慢悠悠的，让我可以有足够的时间瞥上一眼路人，却又别有一番情趣。我经常会遇到一位骑三轮车的老太太，大约有七十岁，清瘦，却有着健康的肤色，头上戴着老式的藏蓝色围巾，鬓角处的头发已经全白。这藏蓝色的围巾，多半是乡下农妇所戴的，尽管日头直射，依然没有摘掉的意思。猜测这一定是护头的好办法，我不觉莞尔一笑。

这位骑三轮车的老妇人，自顾自地走在阳光下，我不禁好奇地向车斗内看了一下，是一些从垃圾堆里淘来的东西。每次和她擦肩而过，都看到她堆满皱纹的脸上绽放着笑容，欣喜之态不觉而露，我猜想她定是淘到心仪的“宝贝”了。她从不被周围的各色目光所牵扯，而是很专注自己的行动，并为自己的收获而窃喜。

想起那次偶然认识的凌霄花。我去居所附近商店买东西，走近路时要穿过一个小门，一抬头，发现墙头上翠绿的叶子之间，开出了几株橘黄色的花，三五成群，喇叭状，精神抖擞的样子，很好看。遂问及店主，然而店主摇头，道不出名字来。我心中不免疑惑，后来在若荷姐的文章《沐雨凌霄》中得知这就是凌霄花。于是每次去商店，就特意走这条近路，为了多看几眼凌霄花。我猜测那花许是主人随手而掷，亦无人照料，可见其生命力之强，而花开亦无人注意，但仍然自顾自地开着，即使不为人所欣赏，依然在有限的生命里，努力地绽放着自己的精彩，活出自我，这是何等的美丽。

无论是拾垃圾的老妇人，还是墙头上的凌霄花，都属于生灵。无论地位高低，富贵与否，都无法感知自己生命的长短，或许在下一刻就被暴雨淹没，零落如泥碾作尘。在生命的舞台上，她（它）们也许没有观众，没有掌声，但是，她（它）们却仔细地演好自己的角色，以自己内心的力量支撑着一个顽强的生命，不认输，不服输，这是开在心中的花，不因外界的漠视而看低自己，更不会轻易凋零，枯萎。

也许老妇人为能淘到心仪的宝贝而开心，认为这就是幸福。凌霄花为自己能够美丽绽放而开心，能让自己精彩一次，这就是幸福。幸福不以贫富、地位做评价，而是以个人的心态为依据，自我感觉幸福才是幸福。

记得上大学时，我和好友兰会在课外活动时一起走出校园，在只开着一扇窗户的烧饼铺停下来，用省下来的五角钱买一个电烤烧饼，一人一半，吃得贪婪且津津有味，感觉这就是幸福。那一刻抛开了恋爱的烦恼和令人头疼的电路分析，尽情地沉浸在享受这烧饼的美味之中，至今想来，依然感觉到幸福。

你或许在暗恋一个女孩，在一个路口突然遇到她，被她的明眸看上一眼，虽然紧张得手心冒汗，但你心里会为遇上她而开心。你心中的那朵花，倏地开放了，你感觉到很幸福。

华灯初上，街上一位卖净竹篓粽子的男人一边使劲地蹬着三轮车往家赶，一边大声地哼唱着小调。他心中一定盛开了一朵幸福花吧！我想。

做个微笑的女人

女人如花，四季常开。笑靥如花，就是对女人最恰当的比喻。微笑被誉为“解语之花，忘忧之草”，真诚而自信的微笑，就像平静的湖面荡开的涟漪，一圈一圈感染着同时也美丽着湖水。

女人的美也在于她的微笑。因为微笑就像一把神奇的钥匙，可以打开心灵的窗户，它的光芒能照亮周围的一切。微笑又是人际关系的润滑剂，可以化干戈为玉帛，化对抗为言和。我们难以想象，板着的脸、怒气十足的脸、凶悍的脸会是什么样子。“回眸一笑百媚生”是众多层次女性美中的一朵奇葩。名画《蒙娜丽莎》的艺术感染力，就在于女人的微笑，虽绽开在脸上，却源自美丽的心灵。

学会微笑，首先要自信。因为自信的笑才是最美丽的。自信对女人非常重要，因为“失去金钱的人失去很少，失去健康的人失去很多，失去自信的人将失去一切”。自信而不自负，知足而不满足，自尊而不自傲。懂得对自己微笑的人，她心灵的天空将随之晴朗；懂得对生活微笑的人，将会拥有美丽的人生。因为微笑是彼此心灵沟通的钥匙，全世界的人都知道用微笑能打开人们心灵的窗户。微笑，使人脸上透着祥和、慈善。

学会微笑，要懂得宽容。宽容的女人不会歇斯底里，不会陷入病态的思维中，懂得委婉，懂得转身，知性，理智。不轻易放弃，不过分强求，懂得有取有舍，要的是这份心态。宽容的女人脸上会挂着微笑，她是美丽的，她的眼神也是温暖的，无论是生活中还是工作中，柔美的微笑盛开在自信的脸庞上，是不可战胜的。要微笑着面对一切，从容地面对烦琐的工作，快乐地对待身边的人和事，平静地应对各种困难。

学会微笑，要有一颗善良的心。世界因有善良女人的支撑而流光溢彩，生活因有善良女人的爱心而花香果甜。女人在表现出她的善良、她的母性时，脸上就会自然而然地流露出美丽的笑容。善良的心灵、淡然恬静的生活姿态会让女人更加用心地爱自己和别人，与人为善。心中有爱，脸上就会绽放出幸福、快乐的笑容。

闪光的微笑是女人搏击人生的又一亮点。女人若能保持心境平和，从容应对，微笑着面对生活赋予我们的一切，这就是女人最美的风景。当你微笑着走向世界的时候，所有的艰辛和磨难不但不能奈何你，反而更衬托出你那从容不迫的风度。所以即使你有一千个理由要哭，也要试着学会微笑，因为微笑无须成本，却能创造出价值！

培根说过："你的微笑就是你好意的信差，你的笑容能够照亮所有看到它的人。"生活中，一个微笑能温暖失意的人，一个微笑能让眉头紧锁的人愁云散去，一个微笑能够拉近彼此的距离，从而多一些愉快、安详和融洽。

别吝啬你的微笑，从现在起，每天给自己一个笑脸，世界将因此多一些精彩，社会将多一份善意，人生将多几分幸运！

做一个淡雅的女人

不知从何时开始，女人成了尤物，世间生成了无数精美的词，一并给了女人，如高贵、优雅、妩媚、温柔……在千娇百媚中，我更欣赏淡雅的女人。

女人是一汪泉水，一眼望过去，你可以看到许多美好。最喜欢戏曲里女子的眼眸，顾盼流连，传神，动人，有着泉水一样的清澈，却有着很深厚的内涵，让你想探究下去，让你迷醉。女人应该是一幅淡雅的画，欣赏的时候，有美感，有韵味。而不是色彩过于浓烈的画，大面积的渲染、铺排，会影响视觉，会让眼球疲劳而产生厌倦。

前段日子，在一家十字绣店里，我挑选了一幅“天道酬勤”的十字绣。在五颜六色的十字绣中，唯独选了这幅，原因就是因为它的淡雅，四个大字是行书，行云流水，像女人的眼睛，有着灵气。大字下面是纵排的小字。最让我爱不释手的原因是，在左下角和右上角各点缀了四朵淡紫色的小花，在绿色的叶子之间悄悄地绽放，不张扬，不渲染，却让你无法忽略它的存在。总体看来，这幅以字为主的十字绣，少了字画的单调和呆板，多了淡雅别致的惊喜，喜欢得很。

女人就该是这样的一幅画，不可过于浓艳，“浓艳”一词让我想到一些低俗的女人，夸张的眼影，血红的口红，低胸的妖冶。女人是一幅画，也不可过于白描，淡而不雅，就像素面朝天的女人，没有了视觉上的美感，没有了生机，让人没有惊喜。女人应该是一幅淡雅的画，安静中有灵气，素淡中有雅兴。就像一片绿色的草坪，整齐划一，了无新意，若其间零星地点缀几朵小花，那无限的生机，便忽然产生了，就有了欣赏探究的欲望。但同时，那花不要太多，太浓，太艳，“乱花渐欲迷人眼”，多了，就喧宾夺主，喧嚣浮躁，就抢了戏，夺了草地本来的意味，更别提淡雅的美。就像知己，不可能多，这世间，好东西从来就少，物以稀为贵，其实，也确实少：“触目横斜千万朵，赏心只有三两枝。”

女人可以没有天生丽质，但一定要雅，女人一旦与雅连带在一起，自身必然有了很大程度的提升，如优雅、高雅、淡雅。而“雅”是需要用知识来提升的，是“腹有诗书气自华”的外在表现。女人可以素面朝天，但一定要有雅，有了雅来点缀，美就有了分量，就有了脱俗的意境。

做一个淡雅的女人，不张扬，不媚俗，是我为自己准备的礼物，希望在五十周岁生日的时候，依然执着于此，让内心逐渐丰盈和淡然，让自己变得美好，而且越来越好。

第四辑　那朵的守望

怀念父亲

在我的记忆当中，1998 年 6 月 13 日是一个有着倾盆大雨的日子，那是我遇到过的最大的一场雨。雨大得出奇，我所在的县城不少家属院被雨水浸泡了。那场雨淹没了庄稼，也把父亲的生命吞噬了，就是那天传来了父亲去世的噩耗。

我徒步走在大雨中，往老家的方向艰难地行进。因雨大，立交桥下积了很多水，淹没了车轮，无法通车。雨水打湿了我的脸颊和身上的衣衫，我感觉泪水和雨水搅和在一起，肆意地流下来，但是我始终不相信父亲会去世，因为前一天我还真真切切地看望了他和母亲，我们在一起吃饺子，很是开心。父母亲虽然都年近七十，但一辈子在田间劳作，身体看起来非常硬朗。

当我亲眼看到蒙着黑布的父亲时，我依然摇晃着父亲的身体呼唤他醒来，当我触到了父亲已经僵直冰凉如铁棍一样的胳膊时，我才意识到父亲真的离开了我。那一刻，我号啕大哭起来。

院子里，鸽子蜷缩在父亲为它们搭建的巢穴里，嘶哑的喉咙咕咕地哀鸣着，被雨水打湿的羽翼紧紧贴在身上，无法再张开，眼睛惊恐地望着眼前的一切。那是父亲精心照料的一群白鸽。从前，它们像父亲的一群孩子，每天都在父亲的口哨声中，飞到父亲身旁，乖巧地埋下头来，啄食父亲撒下的麦粒，尽情地享受着美餐，时不时地竖起小脑袋咕咕地叫一阵。那只最小的鸽子像个受宠的小公主，径直落到父亲的手掌上来，享受父亲为它准备的小灶。然后，鸽子们呼的一声飞起，扇动着翅膀飞向空中，自由地飞翔。而如今，一切不再，更没有主人的口哨声响起，它们惶惑不安的眼睛里只剩下凄凉。

无助的母亲断断续续地述说着，当这场大雨在凌晨四点多突然袭来时，父亲在睡梦中惊醒，冲入雨中，抢收麦子，因心肌梗塞突发而停止了呼吸……

在泪眼模糊中，我想起父亲的过去。父亲有一双大手，粗糙而有力，见证了父亲的勤劳和坚强：炎炎烈日，父亲依然手持镰刀钻进玉米地里割草，然后晒干，当冬天来临的时候，晒好的干草足足堆满了棚子，整个冬天，父亲喂养的那头毛驴，都在悠闲地享受着这份佳肴，体肥毛亮。动物也是知恩图报的，它从不偷懒，还年年为父亲增加一个小壮丁，这些都是父亲勤劳汗水的回报。

父亲，您知道吗？虽然您在女儿面前总是严父的样子，严厉得让我惧怕您、躲避您，但是您以自身的行动让我们学会了勤劳和坚强：夏日凌晨三四点钟，我们就在您的带领下到地里割麦子，在三十多度的高温下，我们在麦场翻动厚厚的麦秸，我和姐姐稚嫩的双手和脚掌都磨起了泡。姐姐比我大两岁，她早早地学会了给棉花喷药，她的肩膀总是红肿的。

虽然我们不能像别的女孩那样在您的怀里撒娇，不能无拘无束地调皮，您严厉的表情让我们不敢靠近，但是您的眼里总是有爱的光芒一掠而过。自从我考上大学以后，每次放假回来，您都催促母亲给我包饺子吃。您的脸上第一次露出慈祥的笑容时，我真的好想扑进您的怀中，让我感受一下父亲胸怀的温暖和宽广。

您没有为我们铺就坦途，而是让我们经历坎坷，用磨难来锤炼我们，好让我们长大以后可以独立于天地间。您给了我们一生中最宝贵的财富，那就是坚强。在大水冲毁沟渠的那一瞬，在暴雨摧毁庄稼的那一刻，我看到了您不放弃的背影，我学会了坚韧、顽强。

父亲，这些年您在天堂还好吗？每年的6月，女儿都会带着感激和思念来看望您，在父亲节的那一天更加想念您。如果有轮回，来世我还做您的女儿，您一定要抱抱我，用您的胡子扎一下女儿的脸蛋，女儿一定会开心地笑起来。

怀念母亲

我一直觉得母亲从没离开过我们，她每天都会在天堂守望着我们，关注着我们。多少次梦中，仍然是和母亲在一起的日子。我爱我的母亲，我曾经写到我最引以为豪的是：我有一位好母亲。只是我没能亲口对母亲表达我的自豪、我的爱。这是我一辈子都非常遗憾的事。

母亲倔强的性格促使我完成了学业，有了现在的文凭和满意的工作。可以说如果不是母亲，我们姐妹一定会过早地谈婚论嫁，然后步他们的后尘，生儿育女，面朝黄土背朝天一辈子。在我的记忆里，父亲是一个重男轻女而又非常严厉的人，他不赞同我们女孩读书，他说女孩子迟早要嫁人的，只会落得人财两空。而母亲则极力反对父亲的做法，她不想让我们和她一样在农村日出而作、日落而息，一年到头辛苦劳作仍然看不到希望。一次又一次的争吵不绝于耳，最终我在母亲的坚持下迈入了大学的门槛，成为母亲的骄傲。母亲为我受的委屈，我都默默记在心里，并发誓等我毕业挣钱了一定要让母亲过上好日子。

老天对我很公平，毕业、工作，一切都很顺利，我终于挣钱了。我拿到第一个月二百七十五元的工资为母亲买了许多好吃的东西，母亲落泪了，我分明看到母亲花白的头发和深深的皱纹，还有沧桑岁月落下的驼背，弯得更深了，我很难过。我想母亲太辛苦了，我要争分夺秒地孝敬母亲，不要留下遗憾。

在我的婚姻大事上，母亲又一次成全了我。父亲坚决反对，甚至把媒人骂出门。我哭得很伤心。母亲问明白我的心思后，和父亲又一次争辩起来。最后父亲只好同意，但一分钱也不给我，没有任何嫁妆。母亲背着父亲偷偷卖掉麦子，给我买了被里被面，缝做了四床被褥，这就是我结婚时唯一的嫁妆。我每每盖着母亲亲手缝制的被子，被这种温暖拥着的时候，心里总是暖暖的，而鼻子总是酸酸的，想掉泪。

在我结婚后不到一年，父亲因心肌梗塞突然去世，第一次尝到了失去亲人的痛苦，我悲恸欲绝。接下来我们更加疼爱母亲，我们想为母亲找一个老伴，让母亲过一个幸福的晚年。只是由于哥哥的极力反对，也就放下了。后来发现母亲得了癌症时已是晚期。我真的很害怕母亲突然离开。虽然我们都已成家，但对母亲的依恋丝毫未减。母亲总是能在我们不知所措的时候，告诉我们该怎么做，而我们也总像迷途的羔羊及时找到了家和依靠。一想到母亲剩下的日子已经不多了，我和丈夫及姐姐就决定带着母亲去济南玩。在那些陪母亲看济南景色的日子里，拍下了许多母亲开心的笑容，也就留给我更多的温暖回忆。即使在身体很虚弱的情况下，母亲仍不肯让人背着她。不到一年的时间，母亲就离开了我们。我很后悔没能为母亲找一个爱她、疼她的老伴，如果那时真的给母亲找个体贴的老伴，也许母亲不会这么早地离开我们。母亲能为了我的幸福一次又一次地坚持到底，直到成全我，而我却没能为母亲的幸福坚持到底，我在心里自责、愧疚。

内向的我，总是不善于表达自己，所以最终也没能告诉母亲我对她的感激、敬佩和引以为豪。这让自己留下了遗憾和深深的自责。母亲，如果有来世我一定亲口告诉您，您的女儿爱您，这爱发自肺腑，并将贯穿您给她的整个生命。

饺　　子

冬天给人的感觉就是冷，脆生生的冷，瓷实的冷。下班后回到家，将炉膛的火燃旺，屋子的温度一点点上升，为了让这种温暖与外界抗衡，驱赶外界的寒冷，我将炉火一直烧至晚上十点多。而在这当儿，困意也时时袭击我，跟我较劲，我选择了包饺子来驱赶困意和寒冷。

儿子不喜欢吃蔬菜，我就换着花样地给他包饺子或蒸包子，将蔬菜藏在里面来给他补充营养。饺子是我们一家三口的最爱。俗话说：好受不如躺着，好吃莫过饺子。感觉大多数人还是喜欢吃饺子的。我喜欢包饺子，喜欢在劳动中体验成就，当一个个小巧玲珑的饺子被我“制造”出来时，我感到欣慰和快乐，如同写成一篇文章后的轻松，尤其是，当老公和儿子津津有味地品尝我的杰作时，满足感、幸福感油然而生。

先是和面。面在我的手中上下翻转，让粗糙一点点地变成细腻，仿佛在精心打理自己的头发，又像在驯服一头不谙世事而又不听话的小动物，直到让它变得柔顺、乖巧。面和好后放在一边静静地等候我的发落。馅细细地切碎，我喜欢用胡萝卜做馅，据说胡萝卜的营养价值高，富含多种维生素，有补肝明目的作用，素有“小人参”之美称，既然吃不到名贵的真人参，吃小人参也是不错的。营养学上说胡萝卜只有熟吃才营养好，而且要配给足量的油脂，才能够很好地吸收。小时候我常吃生的胡萝卜，最初是它鲜艳的颜色吸引我的眼球，然后是脆甜的味道迷惑我的味觉，吃了那么多，现在想想却是浪费了，几乎没有被我吸收过。

细致地调馅，木耳、牛肉、猪肉、胡萝卜、十三香、料酒，在我的撮合下汇聚在一起，调出色香味俱全的饺子馅。然后将和好的面切成大红枣一样的小墩子，一手捏了边，另一只手拿了小型的擀面杖，将这些小墩子一点点地荡开，一圈一圈地蔓延开来，如太阳照在杨树林投下的小圆圈，又仿佛是一片片小巧的荷叶。薄薄的皮，裹了馅，对折，从中间捏一下，然后再从两边开始向中间捏，小小的皱褶，像给可爱的娃娃穿了一个百褶裙。小心翼翼地摆放在盖帘上，一圈环绕一圈呈圆形排列。这些可爱的小精灵如环绕体育场的运动员，随时等待着一声令下好向前冲刺。

记得小时候我是不爱说话的，我总是静静地看着母亲做饭。在捉襟见肘的穷人家里，饺子是很罕见的，仿佛是一种奢侈，只有过年才能吃到。因为饺子的珍贵，母亲从不让我们动手，生怕破了皮。我们站在一边，流着口水咽着唾沫，欣喜地看着母亲变魔术一般，把它们变成香喷喷的美味。而我是家里名副其实的烧火丫头，因为我的细心，母亲总是让我打下手，尤其是煮饺子时的火，无论大火还是小火，我都能借助风箱的外力，做得恰到好处，让母亲露出满意的微笑：饺子要在水沸腾时下锅，这时的火一定要大，否则会粘在一起容易破皮，当饺子浮上来开始翻滚时就需要小火，敞盖煮皮，加盖煮馅。上初中时，我就开始早起做饭了，一般都是煮粥喝。我和姐吃完后，把饭温在锅里，然后去上学，父母亲起来后就可以吃饭了。姐姐比我大两岁，有几次她感到过意不去，就请战早起做饭，但是她爱学习，常常是一边看书一边烧火，结果把饭烧煳了，所以母亲就取消了她烧火的资格。也是在上初中时，母亲教我和姐做针线活，怎样缝被子，怎样使用缝纫机。一开始学缝纫机时，总是倒着转，线一下子就断了，后来在母亲的指导下，我找到了窍门：脚上用劲要匀，手上用劲要猛。靠着惯性的帮忙，我终于学会了蹬缝纫机。而姐因为是急性子，终究没有耐着性子学会。

后来成了家，我自然而然地就会做饭了，尤其是包饺子，是我每周都要做的，这无疑跟我的细心观察有关。母亲一直说我心细，说我最大的特点就是有耐性。小时候我喜欢吃鱼，父亲就在晚上将网撒到村东头的河里，早晨把网收回。当大大小小的鱼欢蹦乱跳地进了水桶后，网上剩下了水藻之类的脏东西，这些是有碍下次捕鱼的。无疑，摘除这些东西就成了我的光荣任务，于是，我搬了小凳子坐在阳光下，认真地清除这些大花脸，网在我的手下慢慢变得干净起来。

姊妹当中，我是老小，一般人都认为老小是娇生惯养宠大的，应该是懂的很少会的不多，我却感到自己不是这样的。也许因了我的细心，我常常反过来疼她们。姊妹中我读的书最多，自然就成了她们的骄傲，姐姐们每每提到我，都会露出自豪的神情。

饺子包好了，锅里的水也已经沸腾了。将这些小家伙们一一赶下水，在水中上下翻滚。同时，捣了蒜泥，点了香油。第一锅饺子捞出来后，老公和儿子开始抢了起来。老公喜欢喝一点小酒，以饺子当菜，他说这叫饺子酒。我继续下第二锅。还没熟，儿子满脸的委屈跑来告状了，说爸爸吃得太快了，把饺子抢没了。当第二锅饺子端上饭桌时，老公已在一旁悠闲地喝饺子汤了。我们三口在饺子的热气中，把冬天赶到窗外。

儿子红扑扑的脸掩映在热气中，老公的额头已有细细的汗珠闪动。总感觉，饺子最能体现一家人的幸福。正因为它制作的过程复杂，所以珍贵，也是招待客人的首选。女人是在用爱包饺子，老公和儿子是贪婪地享受这种温馨的人。家有了女人的爱心支撑，才能算一个完整意义的家。

正如一句诗写道：“水，平衡着地球/女人，平衡着人类。”跟寒冷较劲的是爱，心中有爱，人生就不会感到凄苦。

爬满沧桑的老屋

清晨，你看着阳光从窗口斜斜地照进来，悄悄爬上你白色的胸膛，你看见无数灰尘在阳光中悄无声息地跳舞，仿佛在表演一场哑剧。夜晚，你独自顶着一片璀璨的星光入睡，在露水闪闪的迷藏中慢慢走入梦乡。

女主人第一次走进你时，你还年轻，女主人看上去一脸幸福的样子，她的眼睛很美，温润的样子。你开心地接纳了他们，因为，你将不再感到孤单和寂寞。在这之前，没有谁能经常陪伴你，偶尔一个上了年纪的老人，会急匆匆赶来，在你的地盘上睡午觉，然后又急慌慌地离去——对于他来说，你只是他一个临时休息的驿站而已，虽然你知道，你属于他，他是你的主人，但是他的家在乡下，也仅此而已。你能听到前排的姐妹，被孩子的哭闹声纠缠着，你就会想，这也是快乐的，总比孤零零的好，就像两个寂寞的人在一起，吵吵架也是一种幸福。有好多次，你感觉自己的脊背上痒痒的，是老鼠，甚至有一条蛇，从上面大摇大摆地经过，你并不在乎，你已经习惯了这些小东西的光顾，你心里并不是很讨厌它们，至少，它们会偶尔打破你的寂寞。

有月亮的晚上，你就悄悄地告诉月亮，把月光从窗口移进来，轻柔柔地照在女主人的脸上，为女主人照亮梦中的黑暗。男主人经常外出，舍下女主人一个人，太寂寞了，尤其是风雨交加的夜晚，和自己一样无助，你因为曾经饱尝寂寞的滋味，所以更能够懂得女主人的寂寞。如今有了女主人的陪伴，你才结束那段不堪回首的日子。当一天的喧嚣结束后，你喜欢听女主人均匀的呼吸声，心里有种踏实的感觉。而女主人却正在品尝寂寞，所以，有鸟儿经过的时候，你也会努力地去讨好它们，让它们停在自己的身上休息或者唱歌，为女主人驱赶空虚的日子，你甚至容忍它们在自己的身上大小便。

男主人回来的夜晚，女主人会将那个小猫钓鱼的窗帘拉上，将月光关在外边，屋内换上了柔和的壁灯，朦胧，神秘。而男主人不在家的时候，屋内所有的灯都被点亮，通明如白昼，极尽所能地为女主人驱赶着恐惧。而这会儿，你在柔和的灯光下开始打盹，你知趣地遮上眼睛，堵住耳朵，可是，偶尔还会有女主人呢喃的歌声挤进你的耳朵，你不觉莞尔一笑。那几天，你会看到女主人开心的样子，像个孩子，她的歌声清脆得像百灵鸟的鸣叫。

有一天，女主人领来了一个小男孩，这个从乡下来的小男孩，一直跟着他的爷爷奶奶（也就是你的老主人）生活在乡下，现在，男孩到了上学的年龄，就回到了城里的父母身边。男孩有四五岁，长得很帅气，一眼就可以看出，他是女主人的儿子，因为小男孩的眼睛和女主人一样，明亮，清澈，很美。从此，你被小男孩稚嫩的童声温暖着，也被小男孩偶尔的哭声纠缠着。小男孩常常在你的身体上写下歪七扭八的数字，甚至用小刀划出一道道刀痕，虽然你感到疼，还是容忍了小男孩的顽皮，毕竟，他还小，这是他童真的标志。每当小男孩被你的老主人接走，你都会感觉不适应，心里空落落的。

如今，时间一晃，你已经老了，在你的家族里已经不再年轻，却依然坚强地挺立于天地之间。可是你坚强的外表下，却藏着忧伤，从女主人和男主人的谈话中，你得知女主人已经定了新的住所，是比自己年轻很多的一座楼房。你猜测他们一定是嫌弃自己的岁数太大了，你清楚地知道自己的身体已经开始老化，局部甚至慢慢腐烂，你已经无力为他们遮风挡雨，这是你无法阻止的事实。好多次，在暴风雨来临时，你看见女主人忧虑的脸、辗转反侧的身影，你知道，女主人已经感到不安全了。从那时起，你开始讨厌刮风下雨，尤其是吹着口哨的东北风，对你来说，那简直是你的扫帚星，它总是把倾盆大雨引来，摧残着你已经衰老的身体，击穿着薄弱的缝隙，让雨乘虚而入，滴落在女主人光滑的地板砖上，涂抹成一个大花脸。

你越来越忧虑，凄凉一点点漫过你的脸颊。你害怕女主人一家三口抛弃你，舍下你，让你重新回到寂寞中去，用回忆打发风烛残年，你不敢想象那一天的到来。在经历了一次又一次的暴风骤雨后，突然一夜之间你苍老了许多。你已经预感到，你迟早会葬送在暴雨的手里，而你却无力抵抗。

有一天夜里，七级北风呼啸而来，继而暴雨倾盆。你知道它来了，那个你命中注定的冤家又来了，你努力地护卫着，与它抗争着，你拼了所有力气来抵抗它，直到筋疲力尽，迷迷糊糊中你睡着了。

雨后的太阳，红光满面，像一团火，新的一天来临了。你看见修理工正从阳光中向你走来。你知道，女主人是心疼你的，没有抛弃你的意思。她找来了强壮的修理工，为你清除伤口处的淤泥，为你重新换上干爽的外衣。你感动着，你相信自己会努力一点点恢复体力，尽心尽力地呵护女主人一家，在以后的日子里，与风雨作战，与时光搏斗，与自己的衰老抗争。你暗暗地给自己鼓劲：挺住，挺住就是一切，就是胜利。

二娘　红狐　小红孩

远去的童年把七八岁的我留在记忆里，再无法回转，能记住一些零星的事，却也忘了很多大事。

我记不得那时庄稼的样子，却记住了草原上的一朵小黄花。记不得与大芳闹别扭的原因所在，却记住了她给我的那把如火的红樱桃。我记不得二人转的内容，却意外地记住了那男人拂袖而去的一句唱词“泼出去的水是收不回来的”，而那女子悔恨万千泪如雨下，我想她一定是做了错事了，才会被可怜巴巴地丢在台子上。

我记不住公社后院的场子里，四角被钢丝吊向四个方向的屏幕上，那来回走动的人物名字和咿咿呀呀的唱词，却记住了戏曲的名字《花为媒》《桃李梅》《铡美案》，更奇怪的是，我跟在娘的身后学会了《花为媒》中的一段漂亮唱词：爱花的人，惜花护花把花养。恨花的人，见花骂花把花伤。牡丹本是花中王，花中的仙子压群芳。我没记住《铡美案》的内容，却记住了那个留着长长的胡须的黑脸的包青天。

就像现在，我已记不起邻居二娘的面容，却记住了她讲的红狐的故事。

小时候我喜欢看月，贫穷的日子里，月，总是不离不弃地照着我，用如水的月色温暖我。有月的夜晚，我的胆子也会变得大起来，从邻居二娘家听故事归来，即使二娘讲了鬼的故事，因了月儿的明亮，也不觉得害怕。

每次吃了晚饭，我就早早地跑到二娘家去听她讲故事，她用讲故事换取我们的小手帮她搓麻绳、拧玉米棒。往往听得入神，小手却忘了劳动，二娘就停了下来，让我们急切的心忽然有了喘息，才记得手里的活计，于是赶忙加快速度，以讨得二娘的欢心，方可继续听下去。二娘喜欢讲神话故事，她并未读过书，但她就像是一个聚宝盆，无数个美丽奇妙的故事，源源不断地流淌出来。我一直以为这么多故事一定是在二娘的肚子里藏着，就像二娘的那个针线笸箩，装了许多好东西，有时二娘为了奖赏我们的努力，就从炕头的木箱子里拿出那个笸箩，把花糖或者红枣等罕见的宝贝分给我们一点，让我们每天不但想着二娘肚子里的故事，还惦记那个笸箩。娘有时就纳闷，说她二娘一定有什么魔法，把这些小家伙给迷住了，乖乖地往那儿跑，那么卖力地帮她干活，娘看着自己未干完的活计，心里不免生出点嫉妒来。

二娘最喜欢讲狐狸的故事，那个美丽的红狐是藏在深山里的，却摇身变成一个如花似玉、温柔可人的女子，不想，那柔弱的外表下面却包裹着一颗炽热而坚强的心，为了心仪的人，经历七七四十九次的磨难，才可以在夜深人静的时候出现，进入贫穷人家，给他们一贫如洗的日子带来一点点惊喜。我记住了她美丽的眼睛、温柔可人的样子，我时常感觉二娘讲故事的当儿，那个红狐就在附近，我甚至怀疑二娘的笸箩里的好东西就是红狐给的。

在我上一年级的时候，校长嘱咐我们不要去学堂最西头的那间房子，说里面有小红孩，红眼睛，红舌头，会吃人。好奇的我，终于在一天放学后，鼓动我的伙伴偷偷去了那间屋子，里面已经破烂不堪，墙壁上结有蜘蛛网，挂着灰尘，有一角已经露天。一想到校长说的小红孩，就会想到一个张着血盆大口的人在墙角或棚顶藏着，便觉得后背森凉，遂逃之夭夭，不敢再回头。后来我就问二娘，真有小红孩吗？我怎么没见过？于是，二娘又从她的聚宝盆里轻轻巧巧地拿出了一个关于小红孩的故事。那故事曲折而又悲戚，听得我们不停地抹眼泪。二娘讲到动情处，也和我们一样掉泪。那次我们没有干多少活，二娘一点也不怪我们。

从小到大，单薄的我经常处于饥饿状态。小时候是缺衣少食，饥肠辘辘，却因了二娘的童话而满足。大了，不挨饿了，又渴望精神食粮，就像此时读着文友胭脂的集子，如饥似渴。

今晚的月是半个月牙，被一层纱遮掩着，朦朦胧胧，却又孤零零的。这朦胧，让人有疼的感觉。恍惚之中，忽然感觉二娘从月亮的那层朦胧的光圈里走出来，她居然一边携了红狐，另一边牵着小红孩的手，翩然而至。红狐披着轻纱，亦是温柔可人的样子，而小红孩更是带着可爱的笑容。我惊奇地正欲大喊二娘，她却不见了踪影。我努力眨眼，穷尽目光所及，却不见二娘，找不到红狐，更不见了小红孩……原来这只是我恍惚中的幻觉，心中的疼便漫开来，水一样漫开来，泪水模糊了我的视线，我知道，我是想二娘了。

那朵写给自己的一封信

那朵：

你曾经还有另外一个名字，父母所赐，从小使用那个名字，一不留神，就磨损了一点，虽未过度使用，但已经有伤了。

后来，你在2009年开始的时候，经过精心挑选，为自己在众多的汉字中选出了两个字，从而组成了一个名字：那朵。于是，诗歌也随之而生。曾想，那朵一定是为诗歌而诞生的——因为之后的几年，那朵崭露头角的同时，在全国各地的诗歌大赛角逐中，不断地过关斩将，取得大赛奖项。

朵，一个多美的字眼，一个多干净的字眼，是你用心呵护的宝贝，一定要好好地使用这个名字。尽管有人因为嫉妒或者其他不轨企图玷污它，你也绝不能放弃对这个名字的捍卫。用一生的时间、权利、智慧和勇气捍卫它，好好地保护这个名字，任何人也不得诋毁它。

新年新气象，那朵，你要专心把属于自己的领地攻打下来。看淡俗世，看淡名利，一切都是浮云，过眼烟雨，只有写下的文字，才是实实在在的。

春种一粒粟，秋收万颗子。守好自己的后花园，勤耕不辍。闲暇时读原野，读平凹，读唐诗宋词，读迟子建、王安忆，不与狼舞，只与青草、花香为伴。让泥土的芬芳与青草的气息混合，扑面而来，多么美好的气味。同时，要不忘疼惜自己，爱惜身体和健康。要适时不间断地给自己一个小小的奖励，哪怕仅局限于一串冰糖葫芦、一杯红酒、一段好听的音乐……奖励不在大小，而在于一种心情，这是对自己的一种承诺和欣赏，更是一种赞许和激励。

那朵，一个人的文字盛宴是如此惬意，你要谨言慎行，要遵从自己内心的安静，从容，淡定，构筑自己强大的内心世界和堡垒，确保从此不为外界所扰，静心写字。今生能写下被孩子以及后人品读并有启迪的文字，是你最大的心愿。

作家鲍尔吉·原野说："一个热爱草木的人一定是好人。"我想，热爱文字的人也一定是好人。朵，你要全力向这个方向努力，全心全意，全力以赴，破釜沉舟，最终向这个彼岸靠近并登陆。

今生，与文字有缘，与诗歌相知相遇，大幸。而朵这个名字，又是上天赐给你的，是你最疼爱的字。所有的承诺，只有兑现了才是真，说了就要做，做了就要做到位、做到底，不遗余力，才是那朵。

干净，清爽，高雅，淡定，凡夫琐碎之人不得近身。不屑与谁争，只守住自己的后花园。中年大不易。再也没有十年的光景供你挥霍，年龄、身体日日在走下坡路，更年结束，就全归零。

一生要给自己留下能值得留下的好东西，老来可以欣赏回味，把那朵作为最值得回味的，好好珍惜，爱护，别让她随风飘散，过眼烟云，毫无痕迹。

为以后的日子，现在就做准备，长久的，一生的，铺垫好。

那朵这个名字，如此干净，如青花瓷、水晶般的好，但越是好的东西越是易碎的，碎了，就不再是宝贝。但我更希望那朵是羊脂玉，那种半透明的、带有光泽的玉，如同凝脂一般，坠于水中提起玉体，可以达到滴水不沾。更喜欢它的韧性，敲击时有清脆声响，敢于对抗生活的不如意，不会轻易脆断。

诗人大解在《百年之后》中写道："百年之后我们就是尘埃，当我们退出生活，躺在匣子里，并排着，依偎着，像新婚一样躺在一起，是多么安宁。"而当下，我们却想不到百年之后的事，还在纠结着，还在为一点点的利益、功名自恼着，放不下——如此想来，是多么可笑啊。

想开了，看淡了，才会发觉，身外之物不值得耗精费神地去争夺，唯文字是一辈子跟着一个作家的，不离不弃。试想，退休之前所有的职位、荣誉，甚至是金钱，在退休之后都不会永远跟着你，那一霎会离你而去，人走茶凉，成为过去式，谁再提起你，只能说曾经怎样。而作家不同，认定了文字，一辈子就跟着你了，不管你是达官显贵，还是露宿街头，都不离不弃，而且这个光环在你的努力下越来越亮，即使去世之后，你依然是作家，你的作品还清晰地活在世上，江湖已退，江湖上仍有你的传说。你所有的努力都是一步一个台阶，一个文字就是你的一个台阶，写下来，就把你推高一次，如此锲而不舍，直到你再也写不出、写不动文字为止——如此看来，你仍然有无数的时光等待沉淀，等待结晶，等待铺天盖地。

想起仓央嘉措的诗句：“除了自身，没人为你提供任何失败的机会。”你就是你自己的主人、你自己的王、自己的主宰——你说了，天地都是你的，时间都是你的，结果也是你的。自己不能被自己打败，自己是自己的主心骨，美好的东西得来不易，要克制地使用，节省地消耗。

有时候，忧伤不可遏制地扑过来，打湿你的心。你孤立无援地任这些忧郁的气息，像雨一样包围，很想脱离，离开这个是非之地。何时才能看开，尘世，俗念，搅扰得精疲力竭。任怎么规劝，心还是那么小，小得只有眼泪。如果有一日，心能听到梵音，你与佛就有了缘。

仓央嘉措说：“一个人需要隐藏多少秘密，才能巧妙地度过一生，这佛光闪闪的高原，三步两步便是天堂，却仍有那么多人，因心事过重而走不动。”你走得很缓慢，且步履凌乱，只因内心还有羁绊，没有放下。

作家侯德云说过：“凡语言讲究语感的，节奏拿捏到位的，都是闲书的走狗。”所以，新的一年，给自己的文字定个目标，要敢于突破，每次动笔都试着用新的语感、新的方式写，不墨守成规，不跟别人的一样，不仿造别人的，做自己文字的王，自由调遣，最后，选出最适合自己的风格写下去，自成一家。

潜心静气是种气场。是的，就像瑜伽动作，静心，自由吐纳。

那朵，新的一年，你要从努力开始，到努力结束。而所有的努力，肯定会有来自时光的奖励和赏赐随时等着颁发给你。

成功和惊喜，都来源于你的努力程度和进展。

期待吧，一切从此时此刻开始，静候，这辽阔无垠的天地正在向你打开。这岁月的大门此时才打开向你展示美好的一切，一切还不晚，还有更遥远的成功在招手……

浓浓年味忆亲情

腊月二十三是小年。儿时的记忆里，仿佛这一天就是“抛砖引玉”为大年的到来做铺垫的。按家乡的习俗，小年之后，扫房子、糊墙纸、挂灯笼、赶“花花集”等活动就开始了，这其中无不融入了浓厚的亲情，至今让我回味无穷。

糊 墙 纸

迎接新年的序幕，从小年这天就徐徐拉开了。先是除旧迎新大扫除，屋内墙角旮旯、桌椅板凳，院内角角落落，目光所及之处，积攒了一年的尘灰无不被拿下。经过一番突击打扫，原来不显山、不露水的农家小院平添了几分欣欣向荣的景象，让人心境敞亮。

大扫除结束，就要糊墙纸了。儿时的记忆中，贴墙纸总能唤起浓浓的年味。等娘打好糨糊，搬出报纸，摆好小桌，就开始结合我们姐妹四个各自的优势分配任务了：大姐个儿高，负责糊报纸；二姐有力气，负责传递报纸；三姐干活仔细，就由她往摊开的报纸上刷糨糊；我年龄最小，却像个小监工，在一旁“指手画脚”，一会儿告诉大姐这张报纸贴歪了，一会儿又喊二姐赶紧递报纸，一会儿又“监督”三姐哪个地方没刷匀糨糊，真是忙得不亦乐乎。最让我感兴趣的是一边当“监工”，还能一边看报纸上的图画，顺便找寻我看着面熟的字，由此，渐渐发展成为我平时躺在炕上看房顶玩的一种乐趣儿。

在我们四姐妹的嬉嬉笑笑、默契配合下，一张一张报纸慢慢地被糊在了顶棚、墙壁上，屋内也像太阳徐徐经过一般，一点点亮堂起来，心也跟着暖起来。

北墙八仙桌上方的墙壁上，娘觉得太素净，为图个喜庆，总会贴点鲜艳的图画做一下点缀。这时，我“辛辛苦苦”积攒了一年的烟盒，就成了娘点缀墙壁的首选之物。爹娘都有吸烟的嗜好，平日里他们不经意丢弃的烟盒，我都会收集起来，去掉内层，留下外面带图案的这层，夹在书本里压好。记得多数都是“灯塔”“巨轮”“振华”之类的烟盒，偶尔也有“恒大”“大前门”牌的，但比较罕见。除了烟盒，还有糖纸、火柴盒上的“火花”，都被我收为囊中之物。糖纸多半都是大白兔、高粱饴的，“火花”图案，我尤其喜欢身着绫罗绸缎的美人图，如《红楼梦》里的黛玉、晴雯、宝钗等古装美女，让我爱不释手。在娘的好言“蛊惑”和糖果的“利诱”下，我拿出了这些珍藏多日的宝贝，虽然心有不舍，但看着经过这些彩色图案点缀的小屋充满喜庆的年味，还是满心欢喜的。

叠葫芦

我出生在松花江边，那里过年有挂葫芦的习俗，寓意吉祥如意。后来随爹和娘回到山东老家，依然延续了这个传统，每年过年，喜欢用彩纸叠五颜六色的葫芦来装扮窗户。真是有其母必有其女，娘喜欢挂葫芦，我们姐妹几个也都乐此不疲。

准备动工了，娘却记不得葫芦的叠法，试了好几遍都没叠成，还是我这个不善言辞的“闷葫芦”，帮她解了这个难题，三下五除二就叠出一个红色的小葫芦。叠好之后，再双手捏着两边的小翅膀，对准中间的小孔使劲一吹，刚才还瘪瘪的葫芦一下子鼓起了肚子，变戏法儿似的成了一个挺着小肚子的胖葫芦。每个葫芦上大姐都要拿针线穿上彩条做的小穗头，轻轻摇晃，就像松鼠尾巴飘逸、灵动。看葫芦做得差不多了，娘就拿出秋天从沟边割来的艾蒿，把一个个葫芦串连起来，挂满每个房间的窗棂，装点出过年的祥和氛围。

裁纸剩下的下脚料也不会浪费，用剪子剪碎，洒在窗户的双层玻璃之间，阳光透过玻璃照在上面，亮闪闪的很漂亮，仿佛给沉闷的冬天画上了快乐的小音符。所有这些，都能引来左邻右舍的啧啧夸赞，每每这时，娘总是喜不自胜，脸上洋溢着欣慰的笑容，我自然也是喜滋滋的。

赶“花花集”

我家所住的乡镇，每年腊月二十八是赶“花花集”的日子，这也是年前的最后一个集。之所以被叫作“花花集”，是因为这天集市上的物品极为丰富，男孩儿喜欢的鞭炮、女孩儿喜欢的花儿、好看的服装、对联、年画、烟酒、糖果、瓜子、农副产品等都像长了腿一样，赶着来这里“亮相”，集市上花花绿绿，林林总总，琳琅满目，一应俱全。平时节俭惯了的庄户人，不管钱多钱少，这个花花集都是要赶的，哪怕只买副春联、几挂鞭炮回去，也要图个过年的喜庆。

娘则领着我们姐妹几人在熙熙攘攘的人群中，见缝插针地穿行。不用问，我也知道这是去服装市给我们买过年穿的新衣服，别看平常时候都是大姐穿小的衣服给二姐，二姐穿小了再给三姐，等传到我这里时已经旧得不成样子，但过年时娘却一定舍得给我们一人买上一身新衣服。那时候年龄尚小，体会不到爹娘拉扯我们一家人过日子的艰辛，现在回想起来，还依然能感受到新衣服包含了父母浓浓的爱。

一年当中，唯独腊月二十八这天的“花花集”是赶一整天的，好像是生怕谁家忘记买什么年货一样，商贩们商量好似的一直到太阳落山，才肯收摊。娘常常干着活突然想起忘买了什么，就赶紧派大姐去买，这时我都会像个小尾巴一样如影随形，与其说是帮着拿点小东西，倒不如说是为了得到大姐额外的“福利待遇”。看着我蹦蹦跳跳地跟在身后，大姐总会大方地拿出攥在手里舍不得花的几角零花钱，买上一串冰糖葫芦一起吃，沉浸在酸酸甜甜的美妙感觉里，我们仿佛吃出了家乡特有的年味。

拜大年

大年初一，爹格外勤快，早早就起来，先把锅里添足水，架好柴生好火，就开始呼啦、呼啦地鼓动风箱。水开了，娘就开始下饺子。这是爹一年当中唯一一次帮娘烧火，真应了“大年初一头一回”那句老话，其后三百多天的日子里，爹唯恐一不小心就会丢了他一家之主的范儿，再也不肯做烧火这样的“琐事”了。

吃饺子前，就要郑重其事地给爹娘拜年了。大姐、二姐、三姐依次跪在小垫子上，说诸如“爹、娘，过年好，给您拜年了”之类祝福的话，然后磕过头，接过娘用红纸包裹的压岁钱，一个个欢欢喜喜地开始吃饺子了。可轮到我的时候却犯难了，平时内向又胆怯的我本来说话就“惜字如金”，此刻更是憋得面红耳赤，吭哧半天也没蹦出几个字来，急得撇撇嘴只想哭。娘看着我窘迫的样子，心疼地一把将我搂在怀里，并打着圆场说：俺这丫头孝顺着呢，心里头啥都有。然后顺势把一个比姐姐们都要大的红包塞进我的新衣服兜里。此时，我就像获得大赦一样，赶紧就坡下驴，梆梆磕过两个响头，在爹有些不依不饶的目光中开始吃饺子了。

吃完饺子，天还没大亮，爹已开始在堂屋的地上铺一块大大的旧毯子，等着村里的晚辈们来拜年。不一会儿，拜年的人开始陆续登场了，一拨又一拨不断溜儿，男的、女的、老的、少的，个个都是欢声笑语、喜笑颜开，说着祝福的话，仪式感极强地给爹娘磕头拜大年。爹娘也立刻拿出准备好的香烟、瓜子和糖果来招待他们。

这时，我们四姐妹也开始行动了，随着拜年的人流开始走街串巷，去给长辈们拜年。一圈大年拜完，我的花衣服兜兜里也早已装满了瓜子、花生、糖果等零食，看着颜色各异、形状不一的“战利品”，心里乐开了花，刚才还窘迫不已的拜年糗事儿，早就飞到了九霄云外。

父母在，人生尚有来处；父母去，人生只剩归途。现如今，父母走了，但亲情却犹如陈年美酒，醇香绵远，余味悠长。回想小时候过年，我们姐妹围绕在父母身边，其乐融融，那份剪不断的亲情，伴我们度过了那个不算富裕的年代，让我们永远怀念。

人间有味是品读

在我人生的行囊里，曾经装着无数梦想以及亲人朋友的爱，一路伴我前行，且行且珍惜。岁月荏苒，时过境迁，而在我的行囊里一直不曾褪色的是对文学的梦想，因为喜欢，所以珍惜；因为爱，所以坚守。

因为怀揣着文学的梦想，使我对阅读有了亲切的感觉，对文字情有独钟。物以类聚，人以群分，因为喜欢码字，所以认识了一些文学朋友，提高了我的文学修养。文学的正能量是让我不认输、不沮丧，站在智者的肩上，让我看得更远、懂得更多。人若能做到哀而不伤，怒而不怨，也是一种境界，而文学恰恰能让我们走进这样的境界。

正因为有了这个梦想，所以我的人生不孤单，不乏味。人生会有很多无奈，在空虚寂寞的时候，这时候读书则是不错的选择，要比推杯换盏、觥筹交错来得实惠。因为灯红酒绿过后会是更大的寂寞和无聊，而读书则让内心更加充盈。读书是与智者交谈，每本书都是作者的精华所在，我们读无数本书，就是与众多智者交往交谈，久而久之，我们的身心都会得到滋养。意大利著名作家卡尔维诺写过《为什么读经典》，他说读经典总比不读书好。在成年以后读大块头的经典名著，是一种全面的提升，使身心得到全面愉悦。经典是什么，不是正在读的书，而是正在重读的书。好书需要我们反复去读，去品味其中的妙处。

德国哲学家叔本华也曾说过：对于读书，“绝不滥读”的原则是非常重要的，阅读要精选，我们应把有限宝贵的时间用来阅读那些伟大的著作——它们的作者都是历史上最为出类拔萃的人，只有这样的书才能给我们以熏陶和启示，让人开卷有益。

所以在阅读时，最好选有点难度的，这样才能不断地提高阅读能力，读轻松愉快的书多半是用来消遣的，读后便成了过眼烟云，一点也泛不起波澜，这些是属于快餐类型的，而不是饕餮大餐。而经典名著就不同，尤其是外国名著，读起来稍微有点难度，但努力克服后，就有柳暗花明的惊喜，这种喜悦让你久久不忘。

好书如同陈酿，历久弥新，香味醇厚。比如古诗词，我最喜欢《小窗幽记》《人间词话》《纳兰词》，读起来让人心情豁然开朗；看小说我喜欢看场景气势宏大的，比如女作家迟子建的《额尔古纳河右岸》、肖洛霍夫的《静静的顿河》，这类作品综合性强，无论从语言描写上，还是人物刻画上，抑或情节安排上，都具有不同凡响的气势，让人读了收获颇丰。看电视剧我喜欢看古装剧，最喜欢《甄嬛传》《琅琊榜》《芈月传》，不仅情节安排巧妙，铺垫严谨，而且环环相扣，不落窠臼，且台词具有一定的哲理性，看了绝对有大收获。

我喜欢苏轼《浣溪沙》中的那句“人间有味是清欢”，如果这样的场景下，再手握一本好书，淡淡的欢喜就有了定力，有了方向，有了主心骨，何乐而不为呢？这便是：人间有味是品读。

双 河 村

每天，村东头李二家的红冠公鸡叫过五遍后，双河村就被喊醒了。这个依山傍水的村庄开始从沉睡中一下子睁开眼睛，醒来。袅袅炊烟开始从烟囱中轻飘飘地飞出来，郁郁葱葱的树林开始明朗起来，涓涓流淌的小溪开始鲜活起来，淳朴的村民开始了新的一天。

从村头向四周望去，绵延起伏的山峦尽收眼底，而离村庄最近的一座山叫作铧子山。环绕村庄的河是松花江的支流，就那样生生不息地流淌着。俗话说，靠山吃山，靠水吃水。双河村因了铧子山的地利，因了松花江的滋养，加上人勤地不懒，庄稼茂盛，人丁兴旺，许多逃荒的人投奔而来。

父母祖籍山东，在贫困潦倒的六十年代，为了逃避故乡山东的灾荒，寻找一条可以填饱肚皮的生路，遂背井离乡，踏上了关东那片辽阔的黑土地，来到了黑龙江省通河县。而我就是在这个松花江畔的小村庄——双河村出生的。

双河村因村东、西两头各有一条河而得名。父母在这片黑土地上安家落户后，靠着邻里乡亲的接济，温饱得到了解决，全家人的脸色由菜青色转为红润。住的虽是茅草房，却能够遮风挡雨，两户人家南北炕地住着，抑或是三间茅草房住着四户人家。做饭时四口大锅同时冒着热气，吃的虽是玉米面饼子，拌的是萝卜咸菜，依然开开心心，笑语不断。北方人最大的特点是幽默，把贫苦的日子拌上调侃，自然吃得有滋有味，日子过得踏实开心。白面馒头虽然只有逢年过节才能吃到，但比起关里吃上顿没下顿，父母体会更多的是满足。而这里更是我尽情玩耍的后花园：夏天，挎着竹篮结伴去挖野韭菜，采野果子，追逐翻飞的蜻蜓，到河里游泳，看别人捉虾摸鱼。秋天，偷偷跑到苞米地掰下嫩苞米烧熟吃，把自己吃成京剧里的大花脸。冬天，大人用两根铁丝绑在木板下面，做成滑冰鞋，我们穿了在厚厚的冰上变换着优美的滑姿，坐着爬犁在小山坡上比赛俯冲，抑或是打一场精彩的雪仗。过年的时候，在房檐上插上蒿草，挂上姐姐们亲手折叠的五颜六色的纸葫芦，当院中那个高高的木杆上升起大红灯笼时，快乐更是成倍地疯长起来。

母亲生我的时候身体很弱，加上营养不良，我天生弱不禁风的样子惹人怜爱，再加上姊妹当中我排行老小，因而多了被宠爱的机会。那时大姐在队里挣工分，到秋天收苞米的时候，我就远远地坐在门口等她，望眼欲穿。大姐收工回来，就会变魔术一般，一个个胖乎乎、黄澄澄的苞米娃娃从两个袖子里跑出来，然后我迫不及待地抱着遮得严严实实的金娃娃们，跑到卖麻花处换回香喷喷的麻花吃，幸福的感觉比蜜还甜。在哥哥姐姐当中，大姐最疼我，那时我还小，总是把辫子编成反的，心灵手巧的大姐总会将我的辫子解开，用手轻轻地触动我的头发，编出三股或者四股甚至是五股的漂亮的麻花辫子，我心里总会有种暖暖的感觉。即使在她出嫁以后，每次回来都会把我的反辫子拆开，重新梳理编好。记得有一次大姐背我去邻居家玩，邻居王二婶给了一块刚刚煮熟的狗肉，大姐一点一点地撕扯下来，小心翼翼地喂给我，我也心安理得公主般享受着这份美味佳肴，而比我仅大两岁的三姐却只能咽着唾沫，眼巴巴地望着这块肉被我一点点地吞掉。

后来，公社取消了大锅饭的制度，实行“生产责任制”，包产到户。因为那里冬季时间长，一年一季庄稼，每户分得几十亩地，土壤是知恩图报的，只要你肯为它付出，它也会带着惊喜来敲你的门。多年来，那片黑土地用身躯滋养着庄稼，把丰腴给了这些子民们。大米饭和白面馍，已经闯入平民百姓家里，成为家常便饭。宽敞、明亮、结实的大砖房代替了低矮的草房。露天电影成为人们饭后的消遣，更惹得我们小孩子呼朋引伴，早早地搬了凳子去占地儿，百看不厌。自行车、电视机等陆续前来安营扎寨，丰富着人们的生活，充盈着村庄。唯独村里最穷的一户却又偏偏最懒，那家男主人叫徐三，夫妻俩真是般配，都跟懒有缘，做饭的时候，懒得出去拿引柴，就顺手从房檐上拽下几把茅草当引柴，等冬天来临时，他的家四处通风，冻得瑟瑟发抖。土豆刚刚种下去，就没有吃的了，于是就去刨，土豆长出秧子了，他还在刨土豆吃，等别人家都收土豆时，他家的地里已经没有土豆了。无疑，贫穷与懒惰是孪生兄妹，休戚相关。

铧子山在我的记忆里一直是朦胧的、神奇的。大人总是警告我们说山里有狼，会吃掉小孩。所以一直盼望着自己快点长大，好去揭开铧子山的神秘面纱。每年的七八月份，村里便有人组织马车进山，去采蘑菇、黄花菜、野葡萄等天然的野菜和果子，甚至偶尔会有更大的收获，挖到人参。采回来的蘑菇、黄花进行晾晒，然后收藏起来，过年的时候拿出来吃，或者打包寄给远方的亲戚，寄去一份亲情和喜悦。人参多半是要卖个大价钱来用到刀刃上的。因为北方的冬天漫长而寒冷，那里的大人，无论男人还是女人都喜欢饮酒取暖，因而也就练就了大碗喝酒、大碗吃菜的豪爽性格。就是那片黑土地养育着这群朴实憨厚的东北人，造就了善良、豁达的心境，即使在贫苦的岁月里，依然以开朗、乐观、风趣来面对生活。

桂兰是我儿时的好伙伴，她是在山东出生的，随同父母来双河村落了户。追溯起来，我和她还是地道的老乡，尽管我不是在山东出生，更不会说山东话。她却说着一口很纯很浓的山东话。她不爱唱歌，却偏偏对戏入迷。每次去她家玩，我都会缠着她给我唱一段戏。她在苞米架下拴了两根绳子，将一块木板用绳子固定两端，坐上去，轻轻荡起秋千，仿佛这是她的道具、她的舞台。然后她开始咿咿呀呀地唱起了《朝阳沟》，这是她的拿手好戏。她的手指柔软，不时地翘起，有节奏地伴着她的戏词，上下翻转。现在才知道那就是有名的兰花指。

如今，我时常在地图上找寻我的家乡，虽然它渺小得几乎被地图忽略，但是我可以找到那个通河县，找到松花江，我知道我的家乡就在那里，也永远在我的心里。一个大城市，如果那里没有我们的亲人或朋友，也常常会被我们忽略。一个名不见经传的小山村，因了亲人或朋友的存在，而变得亲切起来，在心里就有了位置。这个双河村，至今有我的亲人和儿时的伙伴，虽然我在三千里之外，但我的心依然和这个村庄很近。这个美丽的村庄，就像一首清新的诗，始终占据着我的心灵，成为心底最柔软的部分，魂牵梦绕，温馨无限。

我的梦中你曾走过

古城墙，风拂过。香雪园，春深处，梨花绽放。簇拥着，如翩翩飞雪。淡雅的白，清新的香，花深似海中，有一朵梨花从我的梦中走过。

是你吗，我的宝贝儿，你就是我要等的那朵梨花吗?

我曾经不止一次地设想着，以怎样的方式迎接你，是雪花飘飞的冬季，还是枫叶铺满山谷的秋天。最终，我选择了春季，选择梨花醒来的时刻。我喜欢春天，草长莺飞，莺歌燕舞，空气中弥漫着温润的气息。我静静地坐在那棵千年梨树下，脚下是细细软软的沙土，暖暖地熨帖着我急切的心情，这是来自黄河故道的沙丘，黄色的海洋，孕育了梨园芬芳的春天。风吹过，暗香浮动。我知道你就要降临了，在梨花开放的时刻。因为喜欢梨花，喜欢她的洁白、干净，我在想，我的女儿就是梨花园中的一朵，我要为你取名为梨花。

每年的春天，素雅的梨花悄然绽放，似温婉女子那浅浅的笑靥，从春深似海的尽处缓缓浮现，静静地开放，不与春争艳，却馨香绕骨。不张扬，却动人，从心底流淌出的诗韵，将春天复活起来。我想，我的宝贝儿正栖息在梨花蕊中，酣睡。等我一声轻唤，我的女儿，你便从片片梨花瓣中醒来，给我一个惊喜，用你娇嫩的声音轻轻地喊我一声娘，我就会陶醉，整个世界在我的眼里霎时变得明媚，鲜活。你一定很娇小，柔弱，乖巧，机灵。你一定有一双美丽、会说话的眼睛。你一定是我身体里最柔软的部分，温馨，美好。

阳光很好，有爱穿过光线，落到我的掌心。我的女儿，你一定是梨花园中最安静的那朵梨花，是个可爱的小天使，有一双随时飞翔的晶莹透明的羽翼。你不会吵醒我的梦，你总是轻轻地来又轻轻地走，用你的香来寻我，等我领你回家。

我的宝贝儿，相信我。我会淘来米水给你清洗柔嫩的肌肤，不会让娇嫩的你受到一点伤害。我为你准备了刻有兰花的白色摇篮。我会轻轻哼唱那支摇篮曲，亲吻你柔柔的脸颊。我的宝贝儿，我准备了漂亮的衣服等你。那双刻着黄色猫咪的水晶鞋，你一定很喜欢。为了让我的宝贝儿多停留一会儿，我特意准备了维 C，让你含在口中，我知道，小女孩总是喜欢咀嚼口香糖之类的零食。

你一定记得这个古城墙。我曾经静静地站在这里，俯身寻你。你一定站在枝头向这里张望。我的女儿，如果你喜欢，我会带你爬上去，临风而立看春天美丽的娇颜。

你一定是个柔弱的女孩子，纯洁，善良。我最担心的是你的情感，怕你用情太深而受伤。我不希望我的女儿为情所困。记住我的话：抓住了就好好爱，抓不住就让他风轻云淡，放手也罢。在长大的过程中，女儿，不要急急地去奔向结果，而忽略开在墙角的花，不要错过停在花蕊上的蜜蜂。每一朵花都是一个迷人的梦，每一只蜜蜂都是一生难得一遇的缘。

“梨花一枝春带雨。”你哭了吗，女儿，一夜春雨，将你闪动的眸子打湿，是因为我没能认出你而难过吗？你是不是想从梦境中走出来，走到我的怀里，安静地睡在我的臂弯里，深深的酒窝，甜甜的笑。只因等你太久了，我倚在树干上睡着了，而错过了你。原谅我，女儿。如果可以，我会继续等你。

可是，我的女儿，你终究没能走出梦境，与我相认，却留在了我的梦里，成为一朵素洁的梨花。我的梨花梦也因此有了忧伤的纱幔，你就躲在后面，远远近近，深深浅浅，若隐若现。

这短暂的只有二十天的逗留过后，我的女儿，你就要匆匆而去，从我的掌心滑落，夺走我手心里的温度，从我的梦中飞离。我的心凄凄，有疼的感觉击中我的心口，仿佛不小心打碎了那个心爱的青花瓶。

如今，又是一年春来到。我又坐在那棵千年梨树下，看枝丫处朵朵绽放的笑颜。层层叠叠的花蕾，在春天暖融融的光里，竞相吐艳。女儿，你还记得我吗？那个曾经为你准备了温暖巢穴的女人，那个为留住你迟迟不肯离开梨园的女人。如果梨树王真的有灵气，就让他捎信给我的女儿：我在等她。

写给儿子的一封信

儿子：

从你呱呱坠地那天起，妈妈就坚持写宝宝日记，记录你牙牙学语、蹒跚学步的情景，记录你每一句有趣的话语，每一阶段的小小进步，看着你一天一天地长大，一天一天地懂事，妈妈感到很欣慰。

你是爸爸和妈妈爱的见证，更是我们生命的延续。由于你的降临，给爸爸妈妈带来了无穷的力量，给这个家带来了欢声笑语。你熟睡的样子，很乖。你只有睡着时才能让妈妈有时间看书，写东西，才能让妈妈仔细地欣赏你越来越像小男子汉的脸，才能让妈妈尽情回味你的可爱之处。

妈妈发现你很帅。微微翘起的小鼻子，长长的睫毛，美丽有神的眼睛非常像妈妈，虽然美中不足的是你的右脸颊长了两个斑点，不过人无完人，爸爸引以为豪地说这正是你的标志，万一哪天走丢了也好找回来。你不仅相貌长得像妈妈，而且你的性格脾气也有点像妈妈，胆小，爱哭，这是妈妈感到遗憾的事。你说妈妈爱哭，那是因为妈妈是女人，哭是女人的“专利”。可你是男子汉，你不能遇到困难受点委屈就泪眼婆娑呀。于是妈妈一直努力鼓励你、培养你，希望你改掉胆小、爱哭的毛病，能成为一个真正的小男子汉。虽然“男人有泪不轻弹”，但妈妈并不是一点也不希望你哭，哭也是一种发泄的方式，但不可为一点点小事就哭，那就不是妈妈的初衷了。

妈妈发现你很聪明。你能把从商店买来的玩具零件三下五除二地组装成完整的机器人、小汽车，你很有耐心，看着大大小小的一堆零件，妈妈也没有这么大的耐性，妈妈真的很佩服你。你喜欢画画，常常画出持枪弄棒的小人物连环画，然后绘声绘色地讲给妈妈听，妈妈也总是听得津津有味。记得有一次，你给妈妈讲了一个《猫和狗为什么是冤家》的故事，让我听得入了迷，妈妈突然发觉你的逻辑性很强，你虽然只有八岁，刚刚步入三年级，但你却能够把自己从书上看到的故事有条不紊、有始有终地讲给别人听，妈妈真的感到很惊讶，同时妈妈也为你感到自豪。最让妈妈难忘的是，那次妈妈生病躺在床上休息，小小的你坐在沙发上，拿了一本画册，给我讲笑话逗我开心，妈妈真的很感动。

妈妈发现你的想象力很丰富。记得有一次你写一篇关于秋天的作文，你把秋天写得那么美，并且你能把平时在作文书上看到的好句子用上，“一片片枫叶飘落下来，像一枚枚邮票，邮来了秋天的凉爽”，你写道，“秋天的到来，是要告诉我们冬天快到了”。老师特意把这几句话画上了红色的曲线，注着“好”。你写金黄的玉米时，用了一句“像生了孩子似的”，至今我不明白为什么像生了孩子似的，但我知道你的小脑瓜里一定装着你的理由。

妈妈发现你很懂事。记得有一次妈妈的手机没有锁，不小心拨出1259，一下子被扣掉了四十多元钱，妈妈很心疼。这时你对妈妈说：妈妈，别生气，就当是给我交学费了，要不，我把我的零花钱补给你，以后我不买零食了，好不好？听了你的话，妈妈很感动，好儿子，你真的懂事了。

儿子，你知道吗？因为有了你，爸爸在外面打拼再苦再累也心甘情愿，天再黑也能找到回家的路。因为有了你，妈妈就有了希望和寄托，工作就有了动力。我们这个家因为有了你而变得更加温馨，更加幸福，更加快乐。

爸爸妈妈不能一直陪着你，有一天你会长大，走向社会，独自去面对外面的风风雨雨，你一定要坚强起来，学会承受一切。别忘了爸爸妈妈永远是你的后盾。

爸爸妈妈祝愿你在学习上进步，健康、快乐地度过每一天！

学会转身人生更精彩

人总是很容易习惯旧有的模式，久而久之，举手投足就有了自己的固定习惯，甚至是看问题的角度都在慢慢养成固定的模式。

有时，试着换一种思维方式，会给你带来意想不到的惊喜，华美的转身，会让你更精彩。

转换角度，惊喜不期而遇

记得刚学摄影时，我总喜欢顺光拍摄，感觉这样景物受光均匀，可以最大限度地减少瑕疵感。但后来发现顺光是效果最平常的一种光，没有拍出景物的立体感和空间深度感，照片缺少生气。

于是就听取老师的建议，转换了一个角度，采用侧光照明拍摄，效果出奇的好。被摄景体产生了微妙的明暗变化，显出了很好的立体感和表面质感，竟然发现有冲击视觉的新收获。

现实中，人生也是如此，当你早已习惯了按部就班时也就没有了新鲜和创意。试着改变一下角度，换一种方式，挑战一下自己，你也许就会发现自己的潜力，也许就成就了一个全新的你。

比如，我们的身体许多年一成不变地顺着地心引力，双脚一直是向下踩地的，如果，你试着靠墙倒立一下，你再看一下周围的事物，会全然不同。而当你倒立时，你身体内部也会发生变化，血液循环加速，会把常年积累沉淀的毒素垃圾给搅动起来，而后随着循环排出体外，这样你的身体会更健康，你的改变让你有了意外收获。

改变态度，心有莲花处处开

如果你正处于感情的低谷，遭遇不幸的婚姻，不如改变一下心态，与其委曲求全，不如试着放手。学一下民国女子孟小冬，“你既无情我便休”，不懂你的人，无论你付出多少，他都不会在乎你。

所以放下恩怨，重新修整糟透的心情，改变旧有的模式，从婚姻的牢笼中走出来，充实自己，只有自己独立，才有底气，才有实现凤凰涅槃的机会。

而这时，你也许恰好遇见那个“想知你冷暖，愿懂你悲喜”的人。有时，一个转身，会让你精彩无限。改变不了现实，就试着改变自己的态度；改变不了环境，可以试着改变自己的心境。

换一个角度重新审视走过的路，你会发现，原来让你不能释怀的事却是如此不值一提。有时候，当你换一种爱的方式时，你的人生定位也会跟着发生变化，你不再是那个被命运束缚的人，而是成了命运的主宰者。一旦你的心境发生变化，你看问题的角度也会随之而变。只要你心怀柔软，即使身处寒冬，你依然可以拥有好心情，便能发现生活处处美好，坚信世间所有美好的事情会悄然降临在你的身上，处处可见莲花开，随处可以守得云开见月明。

一心安之，一切皆安

试着改变一下你匆匆的脚步，放慢半拍，看看风景，觅一处幽静，看蝴蝶飞舞，或者引逗一下孩童，换得他纯真的笑声，或者用笑容去温暖一下路人，再或者与舒适的人腻在一起，慢慢地聊，傻傻地笑。

不纠结旧事，不抱残守缺，红尘之中，与人为善，放别人一马，才能给自己一条宽敞的退路。试着改变一下你浮躁的心绪，安静下来，听听莫扎特的小夜曲，听听理查德克莱德曼的钢琴曲，让心灵与音乐产生共鸣。

这时候，你才能听到自己的呼吸，当你真正静下心来时，你是美丽的，因为，心静，一切皆安。如是，你的心态也是平和而安宁的。或者，把你的心从外界的喧嚣中收回来，就守着一盏清茶、一页书香、一份禅定、一心安之。其实，每个人都需要一片让灵魂休息的精神家园，只要你能够静下来，用淡定的心绪对待生活，时光就不会老，岁月总会静好。

换一种方式，启动你人生新的模式，改变一下你复杂的心，变得简单、干净，你会发现，你一下子变得年轻许多。其实，人越简单才越快乐，越复杂越累。心境转变后的你，没有了浮躁，而多了一份惬意、轻松和从容，你的心灵变得纯净、稳定，拥有一种禅定的喜悦和自由。

“时光，浓淡相宜；人心，远近相安；流年，长短皆逝；浮生，往来皆客。”不必囿于旧的模式，试着换一种全新的模式，人生会更精彩。

心存温暖与冬天抗衡

安静的午后，在减河湿地与一丛芦苇相遇，洁白、轻灵，寂静欢喜。

午后的河畔，绿树掩映，水面平静，让人沉静和欢喜，有种肃穆的美。身披婚纱的情侣正在拍照，他们甜蜜的身影，把河畔衬托得更加唯美而温馨。

树下一块硕大的石头，仿佛在记录着时光的流转，在静静地叙说着陈年旧事。时光是不会骗人的，它往往记录着真相，你或许会把与你一同笑过的人淡忘，但绝不会把与你一同哭过的人忘掉。

柔和的阳光下，石头、蒲草、树木、河流，构成了一首词的韵脚，对仗工整，相辅相成。几个巨轮水车，在午后的阳光中静默着，像在各自想着心事。这样的时候，时光应该是安静的，无须打扰。

一排木质简易亭廊，供游人歇息，简单而别致，虽不是长亭，却已向晚。两座茅草搭就的小亭隐在芦苇丛中，安静地并排立于夕阳下，天地之间，唯有风在与其叙说往事。仿佛在午后，有几分落寂，需独自品味。一丛芦苇，几分寥寂，夕阳渐暗，将不舍的心事悄悄收起。

一树豆粒般大小不知名的红果子，仿佛是突然闯进来的红衣侠客，在晚秋的肃穆中，点亮了一角色彩，恰好减去晚秋一丝萧条。

是谁，正在为嫦娥打探消息，静等月亮升起的时刻，才可奔月。有时候，记忆仿佛是一条河流，该流走的义无反顾，该留住的，比如河岸、石头，依然留下。从不同的角度看，美就会不经意间出现。美将我们的注意力俘获，但更美会将我们释放，我们就在美与更美之间丈量时间。

夕阳渐渐下落，景色开始变化，光影变幻奇特，一半光明，一半暗淡；一半热切，一半冷漠。在两者之间仿佛存在着人性的真实，谁也无法画出这个分界线。其实，每个人的心里，都有一座供奉心灵的禅房，无所谓简陋与豪华，也无所谓卑微与高贵。

只有把烦恼和痛苦植于土壤里，才能让快乐突破坚硬的地面长出来。只有把城市的喧嚣暂时搁浅，才能觅得大自然的良辰美景。

在这个晚秋时节，让我们收走所有的萧条和悲凉，把阳光穿过树林折射一树的温暖储存在心里，等待冬天的来临。

心怀希冀，就能发现美。心存温暖，就能与冬天抗衡。

遇见胡因梦

仓央嘉措的诗《见与不见》中我兀自喜欢那句“你见，或者不见我/我就在那里/不悲不喜”。

人生能够遇见，是缘分所致，遇见了，才是好。见与不见，都在那里，不喜不悲。胡因梦就是我今生遇见的缘，在未读她的作品前，她早已在那里，寂静欢喜。在那里自顾自地修身养性，不怨不恼，一步步地走入生命的内里，走进心灵的圣地。

今日又重温了胡因梦自传《生命的不可思议》及作家高伟的《她传奇》里关于胡因梦的解读，对胡因梦有了更深层次的认知，拂去凡间的琐事之尘，忽然就发现了一块玉，而这块玉早已在那里，散发着温润的光泽。

或许，不同凡响的人在降生时就与众不同。胡因梦的降生无疑带有神秘色彩，是母亲费尽周折怀孕又意外流产后再次怀上的孩子。她不寻常的降临似乎是上天的有意安排，冥冥中已经为她布置了重任，那就是她日后潜心修行，对灵修与占星学广泛讲解、推广，对女性的觉悟起到了引领的作用。由此，我想到谜一样的仓央嘉措在降生时，天现种种异象，预示着这不是一个凡人，后来的结果证实了这一点，他是五世达赖的转世灵童，虔心弘法，普度众生。

胡因梦，是个集美艳、智慧、灵修于一身的女人，绝对称得上绝色佳人，正如李敖所说："如果有一个新女性，又漂亮又漂泊，又迷人又迷茫，又优游又优秀，又伤感又性感，又不可理解又不可理喻的，一定不是别人，是胡因梦。"而这个女子退出演艺圈后，专心文字和翻译，并且成就卓然而惊人，极其自然地完成了华丽的转身，让另一朵生命之花更加娇艳地开放，灿烂美丽，那种从心灵修为的圣坛上开出洁净的花，更能摄人魂魄。仿佛，一朵莲花就此开放，熠熠生辉，干净美丽，这种千帆看尽、洗尽铅华呈素姿后的美，是我等女子所倾慕的，潜心灵修，保护好自己不再受伤害，正是许多女子一生都在做的功课。

善于解读女子的高伟在《她传奇》里以无限感慨的口吻写道："在演艺圈中，胡因梦是我见到的做出最优美姿态的生命转换的女人，她在生命尚且开花之际就为自己的生命花朵的必然灭损做出了另外的抉择。生命的外在之花破损的时候，胡因梦自己培育起来的生命的内在之花已然适时地盛开，盛开得独一无二而且纯正清丽。"

人的一生本就是不易的一生，对与错，好与坏，都是上帝对我们的奖赏，都是我们成长道路上积攒的财富，因人而异，每个人得到的财富多少不一，厚薄不同，而胡因梦情感上的丰富经历，更是她难得的一笔财富。她后期潜心翻译外国作品，注重内在修为，对她过去的经历来说，既是一种升华，更是一种最好的转身和最好的承接方式。

胡因梦是《她传奇》所讲述的十四个女人当中，最后一个出场的人物，也是高伟下大力气的一篇，融入她自己的很多领悟，比其他篇章更多地涉及了精神世界和内心修养。无疑，胡因梦也是最出彩、最有启迪的一个女人，她就那样一下子走进了我的视线里，走进我的内心世界，掀起了巨大波澜。

高伟说："再漂亮的女人，如果她足够聪明，一定会让自己在年轻漂亮的时候就给自己的精神领域开辟一条道路，以便使自己退出青春舞台的肉体渐次走上这条精神的道路，让精神的通达成为女人身体最华贵的营养品。胡因梦就是这样一个聪颖的女人，她在红颜撤退之前，已经成功地凭借精神的能量替换完自己。她把自己的身体保护得那么好，她积蓄了那么充沛的能量让自己的身体和心灵不再轻易受伤。"

经历了与台湾大文豪李敖短暂的三个月的失败婚姻后，胡因梦及时转身，并且是一次更漂亮的转身，她潇洒地倾注所有的心血，开始研读心理学、玄学，并翻译了克里希那穆提充满灵性之光的作品。在翻译的过程中，她曾经的怨恨、曾经的伤痕就找到了出口，找到了慰藉和治疗，可以说，这个过程，也是她自我疗伤的过程："把生命的能量用在制服自己内心这个暴烈的野兽之上，让手术刀对准自己的内心而不是别的什么外在之物。"而同时，她又得到了不薄的回报，那就是自己的认知得到惊人的提升，同时，翻译的作品也被广大读者认可和喜欢。由此，想到诗人仓央嘉措，有人说之所以仓央嘉措被世人珍爱，不仅仅缘于他的六世达赖之尊位，更缘于他自身洋溢着活灵活现的"人性"。而这种"人性"恰恰在他的诗歌里获得了得体的表达。

女人在走向四十不惑之年的当儿，内心的猛兽渐渐变得温顺、熨帖，不再是莽撞不计后果的小猛兽，不再锋芒毕露，而是修炼得外圆内方，性情渐渐珠圆玉润。

高伟提到一个术语：炼金术，并由此而领悟到："它不怕被火燃烧，它稀有得光彩夺目，这样的光彩夺目完全依仗着自己的品质。生命的黄金也同样依仗着这样纯正的品质，它从人生的苦难中得来，在生命这个熔炉里庄重而且极具艰难地练就。生命的黄金，来自生命自身呈现得从容不迫，苦而弥坚。"

常想，在人生的道路上，坎坷并不可怕，所有的责难和不如意，都是我们走向成熟的必经之路，只有经历了水与火的历练，只有经历了炼铁般的淬火阶段，经过了大浪淘沙之后，最后沉淀下来的才是精品。而胡因梦就是一块经过熔炉艰难的燃烧过程练就而成的真金，这样的真金是能够经得起时光检阅的，因为她的内心已足够强大，强大得可以运用自如游刃有余地与外界抗衡。

作家也鸣说："胡因梦的巨大价值，来源于她对于自个儿内心的探寻，她对于生命的精修。她那么深地走入生命。凡俗的人多么深地走向外部世界，她就多么深地往内部生命里走。"

我们虽没有胡因梦如此丰富的经历和阅历，但同为女人，我们要做的就是："安心在那里，守住就是了。"我们不需要刻意地去制造点什么，只要走好每一步，只要守住内心，耐得住性子，把人生的每一课都认认真真地完成，就是了。用作家人邻的话说："清水微尘。慢慢澄清了，只是清水。内心不动，就是清水，不见一丝微尘。"又说，"能耐住性子，小处着手，以小见大，不必真的叱咤什么，暗自的绵延的力，已然超越一切了。”这话说得如此熨帖，动人。是的，像我们，时刻不以物喜，不以己悲，见与不见，都在那里，兀自欢喜。

余生不长，愿诗书为伴

作家毕淑敏说：读书使人优美。读书，向来对一个人的影响极大。读书的人与不读书的人，打眼一瞧就能分辨出来。

有人说，这个世界上成本最低的升值方式就是健身和读书。为了缓解疲惫的心，为了能从容地面对成败得失，为了使自己还能不断成长，请试着与诗书为伴，让心灵得到极大的慰藉。

读书是积淀内涵的营养

学生时代读书，多半有很强的目的性，主要都是知识性的东西。而成年后的读书，比较随意，也可称得上是博览群书了，只要是自己喜欢的，只要能让自己身心愉悦，把生活中的寂寞时光换成巨大的享受时刻，从中有所收获足矣。

三毛说过："读书多了，容颜自然改变，许多时候，自己可能以为许多看过的书籍都成过眼烟云，不复记忆。其实它们仍是潜在气质里、在谈吐上、在胸襟的无涯，当然也可能显露在生活和文字中。”

读书丰富着我们的内在，提升我们的内涵，带给内心更多的平静和安宁。读书的人，由内而外散发出一种自然美。

多年书籍的滋养，如春雨润物般，慢慢地滋润着你的心灵，让女人韵致有加，落落大方；让男人温文尔雅，气度不凡。

喜欢读书的人都具有较强的快乐张力

喜欢读书的人，经得起岁月的磨损。经年累月，难以割舍书香的浸染，仿佛是命数，如影随形，在书海中徜徉流连，乐不思蜀。

德国哲学家叔本华说过：“没有什么比古老的经典作品更能净化我们的心灵了。随便拿起一本经典，哪怕只读半小时，整个人就会感觉焕然一新，身心舒畅、澄净，精神超越、振奋，仿佛经过了山涧清泉的清洗净化。”

经典书籍的浸润，让你顿悟，不与别人纠结，也不与自己纠结，气质高雅，举手投足都散发出独特的魅力。

外在的东西或许能让你快乐一阵子，却无法让你长久地快乐。而当你将注意力收回，关注内在时，读书恰恰让你获得内在的安宁和快乐，而且经久不衰。

读书让人充满自信

腹有诗书气自华，最是书香能致远。腹有诗书的人，内心宁静坚定，充满自信，只有自信的人才会具有特殊的魅力。而不读书的人则像浮萍，思想处于漂浮游离的状态，就缺少了一份气质和气度。

而且，一个人的气质与内涵不是一日而成的，需要多年阅历的日积月累。书中自有颜如玉，书中自有黄金屋。书籍对女人的滋养如春雨润物，只可意会不可言传。

经常读书的女人，知性有礼，言谈举止大方得体，由内而外散发出了迷人的魅力，是不可抗拒的。书籍对男人而言，更仿若是与智者交谈，让男人更加成熟而智慧，坚定而自信。

读书让我们可以耐得住孤独

拉布叶说过："我们承受所有不幸皆因我们无法独处。"而叔本华亦给了我们更清晰的表述："要么孤独，要么庸俗。"

如果你不想变得庸俗不堪，那么就要耐得住孤独。一个人没有足够的独处生活，也就不可能获得平静的心境。

如果你无所事事时，不妨拿起一本书来读，唐诗宋词元曲，心经坛经金刚经，老子庄子孟子。随手拿起一本阅读，都会让你被书中的智慧所折服，让你拍手称绝，让你即刻远离孤独。

而当沉浸在阅读的快乐中时，就与外界的喧嚣隔离开来，心有所依，不再有浮躁、孤独的感觉。

读书让精神更加富足

有时候，精神的富足远远比物质的富足更重要。就像一个人生病了，精神富足就相当于你自身的免疫力，而物质富足就相当于药片，过多地依赖药物不但对身体没有好处，反而会最终导致身体状况越来越差。

适当地充实自己的精神，使灵魂更加丰盈，提高自身的免疫力，让身心越来越健康。读书则是精神富足的源泉。

也许在短时间内，读书并不能让你获得立竿见影的益处。但是，随着时间的推移，经历岁月的洗礼，读书则一定会带给你一份意想不到的厚礼，这份礼物就像一坛陈年老酒一样，越久远越珍贵。多年后，当你打开它时，就会醇香扑鼻，韵味无穷。

优雅，由内而外

书上说，优雅是一种和谐，类似于美丽，只不过美丽是上天的恩赐，而优雅是艺术修为的产物。

优雅从文化的陶冶中产生，也在文化的陶冶中发展。那么，优雅是什么样子呢？概括来说，优雅是一种修养。这种修养是一个人由内而外散发出来的气场，有着丰富的涵养，由文化的浸染所成。

性情温和，让人如沐春风

有的人喜欢在公共场合大声喧哗，以引起别人的关注。与人口舌时嗓门洪亮，仿佛想用声音把对方压下去，其实，这是没修养的体现。

“有志不在年高，有理不在声高”，大声喧哗并不代表你有理。柳宗元的《三戒·黔之驴》中就有“形之庞也类有德，声之宏也类有能”。外形庞大好像有德行，声音洪亮好像有能耐，实则不然。越是大声吵嚷的人内心越是空虚的。就像有的人把自己打扮得雍容华贵，其实她内心是空虚寂寞的。

一个有修养的人必定是性情温和的人。知道在公共场合要小声说话，与人意见不合时会等到对方消气后再慢慢解释，晓之以理动之以情，语音温婉，性情温顺，心气是平和的。

与这样的人交谈，如同在听一曲舒心定神的钢琴曲，无论刚才有多大的火气，也会瞬间平息。

微笑是优雅的标签

微笑是优雅的标签。优雅的人喜欢微笑。微笑是晴雨表，更是解语花，是能感染人的。

无论是含羞带笑、回眸一笑，还是会心一笑，都让人如沐春风，有的人不笑不说话，让人感到温暖和亲切。

当你在人群中穿梭不小心踩了别人脚，你正惊慌失措不知如何表达歉意时，对方给你一个微笑，并说："对不起，耽误你脚落地了。"这种善意的语言和微笑顿时化解掉你的不安，让你心存感激，心生温暖。

在雪地里你不小心跌倒羞红脸尴尬万分时，优雅的人悄悄转过头装作没看见你的窘态，让你心里有了些许的庆幸。或者带着那种诚意的微笑伸出手来拉你一把，也会让你有很舒适的感觉。

宽容是优雅的前提

宽容代表一个人的气量，更是一个优雅的人必备的素养。《唾玉集·常谈出处》中有诗曰："自出洞来无敌手，得饶人处且饶人。”一个天下无敌手的道士每每下棋都要让别人一步，给人留有余地，可见他的气量之大。

金无足赤，人无完人，每个人都不是十全十美的，因而在为人处世上就有了偏颇和分歧，有了失误和差错，这时候需要宽容。

优雅的人必定具有宽容别人的心量，知书达理，善解人意，能够理解别人，设身处地想别人所想，急别人所急，能够做到“懂得”。而不是小肚鸡肠、睚眦必报，一味地揪住别人的错误不放，这样的人反倒让人觉得一点都不可爱。

宽容别人，放下恩怨，才会一身轻松。

读书是优雅的营养品

优雅的底蕴来自书籍。读书是优雅的营养品，可以让人由内而外散发出迷人的、不可抗拒的魅力。

林语堂说：“读书使人得到一种优雅和风味。”读书确实可以使人气质不俗，趣味优雅。

一个人言谈举止大方得体，必定跟多年书籍的熏染和积淀有密切联系。多年的阅历和经历，厚积薄发，让人慢慢养成了一种习惯，这种习惯就是修养。而且，多年知识的积累会让人更加自信。一个人只有自信，才能显现出风度翩翩、魅力无限的气质。

优雅的气质，是锋芒内敛后形成的不动声色的美，会给人一种静穆超然的中和之美，举手投足，都会散发着非同凡响的韵味。

优雅不仅仅是体现在外表的干净得体，更多的是内涵，是由文化滋养而成的一种习惯，是一种修养，是由内而外散发出的气场。

在人生的冬季静待花开

人生不总是春风得意、一帆风顺的。在经历人生的低谷时，我们需要的是隐忍前行，然后，等待春暖花开。无论我们遭遇了什么，比如身体的病痛、婚姻的变故、事业的不顺等等，我们都不该放弃对生活的希望。在过去的时光里，你无论经历了怎样的人生霜冻，在春天来到时，都要努力去解开自身的冻，让身体里的希冀顺着枝丫生长，把快乐的心情在嘴角、眉梢挂出来。

人生不如意者十之八九。记得许多年前，我和家人曾经遭遇过生活的低谷，心凉到了极点。虽然我不太相信本命年会有什么不测，但是，有些事如决堤的洪水，汹涌而来，挡也挡不住。只是心中依然相信，人生总有一截像冬天一样的时光，需要我们在零度以下咬紧牙关坚持、再坚持，然后静待花开。

那时，全国经济都不景气，许多工厂生产处于停产状态，我爱人跑运输拉不到货源，经常赋闲在家，几乎断了经济来源。一家三口的生活，仅靠我杯水车薪的微薄工资维持，到了捉襟见肘的地步。迫于生计，我们不得不冒着风寒到夜市去摆地摊，卖书籍报刊，换点儿钱以贴补家用。

屋漏偏逢连夜雨。这时儿子突然生病，正赶上爱人好不容易揽到货物送往外地，我不得不一个人带着他去省城看病。在那个车水马龙、人流如潮的陌生城市，我能握住的，只有儿子稚嫩的小手。从不知输液是咋回事儿，而且一直视打针为洪水猛兽的儿子，一连四天都打针、输液。看着儿子从开始的紧张、抗拒，到渐渐平静、顺从，我忐忑不安的心也终于落了地。经过这次打针输液之苦后，儿子似乎一下子懂事了许多，看着我给他买的书和玩具说，妈妈，我这次生病和买这些东西又花了你不少钱吧，等我长大了就能挣钱给你花了。刚刚满九岁的儿子，竟然说出这么懂事的话，我的鼻子酸酸的，不由得在心里祈祷：保佑我的儿子，让他永远健康、快乐。如果有什么痛苦和磨难，就降临在我的身上吧，我愿意替儿子承受一切。

儿子刚刚好，公公又遭遇车祸，而且肇事者还逃之夭夭。当时，恰逢爱人出车在千里之外，虽然心急如焚却啥也帮不上，婆婆也被这突如其来的灾难搞得蒙头转向，不知所措。我跑上跑下，交押金，办手续，和婆婆一起守护在病床前，还要照顾儿子吃饭、上学。所有的重担都压在了我瘦弱的肩上，看着年幼的儿子和年迈的婆婆，我忽然意识到自己必须坚强起来，曾经柔弱的我，这时一定得撑着让自己勇敢起来。所幸当时公公戴着头盔，避免了更大的创伤，经过医院及时抢救，虽然头部缝了八针，但却很快脱离了生命危险。

我的沉着应对给了公婆很大的安慰，我也觉得是环境改变了自己，让柔弱的我变得坚强起来。

这段时光，可以说是我人生当中最惨淡的一截时光，无时不在忍受着心中的丝丝凄苦，所有的苦水都咽进肚子里。当我看到墙角的小草正以顽强的生命力，在春天重新吐露出生机，一种向上的精神，无时不震撼着我。我坚信，面包会有的，日子一定会好起来。

后来，爱人找到了给一家工厂开车送货的活，收入提高也相对稳定，我们的生活有了好转，终于盼来了人生的春天。当时也恰逢春天，气温正在一点点地回升，春暖花开，万物复苏，心情也随之好转。

每个人固然会遭遇人生的寒冬，无论多苦多痛，只要心中充满希望，阳光就会照进来，就会让心中的梦想开出花朵。亦如春天的脚步，如约而至，春日的阳光，渐渐盈满失落的日子，悄悄赶走心中的阴霾，一切不如意都会过去，美好的生活就在不远处等着我们，因为，熬过了人生低谷，你的世界就会春暖花开。

枣树里的爱

春天迈进季节的门槛已有多日，柳絮已经开始吵嚷着飞向天空，枣树的嫩芽才迈着沉稳的步子走来，只管由着自己的性子，不与时间赛跑，不与柳树争春。而一旦来了，就不会空着手，一定会留点念想给人们。

枣树芽经过春雨的抚摸，被施了魔法一般，日渐活跃起来，迅速生长开来，由嫩绿的小叶芽日益壮大成翠绿的叶子，这一切无不昭示着它的年轻、健壮。继而就有花儿在叶子中间攒动，三朵、四朵摩肩接踵，任其随心所欲自由结合成伞状。“牡丹花好空入月，枣花虽小颜色鲜。”清一色的小黄花，醉迷人眼，风姿摇曳，花香四溢。吸足了水分的枣花，朵朵精神抖擞，英姿勃发。每每这时，母亲就在树下摆了一张小方桌、一个马扎，沏上一壶茶，一边慢慢喝茶，一边欣赏着树上别样的风景：枣花舒展着花瓣，使劲地吸收阳光，星星般调皮地眨着眼睛。在微风中摇晃着婀娜多姿的身影，一阵阵花香沁人心脾。母亲喜欢看着花间穿梭忙碌的小蜜蜂，这时的麻雀是不受待见的，如果它乘虚而入的话，母亲会毫不留情地将之驱逐出境。母亲甚至在夏夜里，搬了竹床睡在树下，怕那些白天没有得逞的鸟儿会夜晚来偷袭。一有风吹草动，母亲就会挥舞着扫帚进入作战状态。

也因了母亲的悉心照料和看护，经过长达两个月的花期后，树上挂满了水嫩、亮闪闪的绿果子。这时，母亲丝毫不敢放松警惕，因为她亲眼看到一只长着长长的嘴巴、叫不上名字的鸟儿，横刀夺爱，箭一般地飞向枣树，然后衔着青果扬扬得意而去。母亲咬着牙痛恨着这些盗果贼，于是对枣树看护得越发紧了。

农历八月，夏日的燥热已在秋风中挥着衣袖而去，躲在阴凉处的人们开始从各个角落露出头来。这时，枣儿早已褪去稚嫩的绿，泛起了红晕，如一颗颗红珍珠，煞是好看，惹人垂涎欲滴。枣儿终于熟透了，用丰盈的体态和成熟的色泽回赠母亲的厚爱。用竹竿轻轻一打，大珠小珠落玉盘，那些胖嘟嘟的枣儿就欢蹦乱跳地下了地，唯恐落了后。拾起一个用袖子一擦，放入口中咀嚼，脆甜，那甜是一直甜到心里的。

这时的母亲，悬了一夏天的心终于落了地。于是，将枣儿分成了几份，装进篮子，挎着满满的、沉甸甸的幸福和满足出门。母亲第一个去了三姐家，因为姐刚刚添了人丁，母亲说枣是补血的上等佳品，将枣和糯米加冰糖熬粥，可以益气养血。接着是二姐家，最后是我家。母亲到了我这儿，会被我的撒娇而“蒙骗”，总是要停留些时日方可放心，而我则会见机行事，给母亲扯上几件新衣，翻着花样给母亲买来平时吃不到的可口食品，仅这些微不足道的小“聪明”，母亲已经陶醉其中。作为母亲的小棉袄，我和母亲总是有说不完的贴心话，一如这些枣儿，总是给我无尽的温暖和甜蜜。

开过了花，结过了果，枣树开始在秋后的暖阳中打起盹来。没等“秋风扫落叶”来下通牒，枣树早早地收拾行囊，在一片掌声中谢了幕。

掉光了叶子的枣树裸露着粗糙的树干，如饱经风霜的老人，干枯的枝条写满沧桑，全然没有了夏日的朝气。枣树残酷地将自己的血液榨干，来滋养怀中每一颗青果，丰盈着季节，让那枝头的红更鲜更艳，一如母亲一点点消耗掉自己的青春，无怨无悔，毫无保留地供给子女各种营养，换来儿女日渐长高的个子。

每到这时，母亲经常望着枣树出神，或是轻轻抚摸着树干自言自语。而枣树则伸展着无叶的枝干，似在说：明年我还会在春风里带来花香，在秋天带来更多天地的赏赐。

图书在版编目(CIP)数据

那朵行走的花 / 那朵著. -- 北京 : 中国文史出版社, 2022.1

(跨度新美文书系)

ISBN 978-7-5205-3268-6

Ⅰ. ①那… Ⅱ. ①那… Ⅲ. ①散文集-中国-当代 Ⅳ. ①I267

中国版本图书馆CIP数据核字(2021)第205159号

责任编辑: 卢祥秋

出版发行: **中国文史出版社**

社　　址: 北京市海淀区西八里庄路69号院　邮编: 100142

电　　话: 010-81136606　81136602　81136603 (发行部)

传　　真: 010-81136655

印　　装: 廊坊市海涛印刷有限公司

经　　销: 全国新华书店

开　　本: 720×1020　1/16

印　　张: 16.25　　字数: 169千字

版　　次: 2022年1月第1版

印　　次: 2022年1月第1次印刷

定　　价: 58.00元